魔豆

香草／著

傭兵公主

vol. 4

晨曦結晶

傭兵公主 vol.4

目錄

登場人物介紹

利馬・安多克
第三分隊隊長，平民出身。大剌剌的個性，看起來總是一副隨性的模樣。平時最喜歡作弄西維亞、亂揉她的頭髮。

西維亞・菲利克斯
菲利克斯帝國四公主。有著遺傳自母親的美貌，卻散發一股劍士的凜然氣質。擁有特異的直覺與女神賜予的誕生禮……

多提亞・帝多
帝多家族次子，皇家騎士團第二分隊隊長。散發知性優雅的氣質，溫和而穩重。黑腹屬性，笑容的燦爛度往往與心情成反比。

卡萊爾
叛亂組織的首領，他的出身似乎與西維亞公主頗有淵源……
是個溫柔和藹、好相處的人，笑容帶著點孩子氣，最大的嗜好就是在路上胡亂撿同伴。
妮可
9歲起開始擔任西維亞公主的貼身侍女。與嬌小可愛的外貌相反，擁有一身可怕的怪力，具有眾人聞之色變的毒舌功力。
夏爾
年齡僅14歲的可愛少年，妮娜魔法店的學徒。神經大條，行動總是慌慌張張又經常闖禍，標準的衰運纏身冒失鬼一名。

楔子

陽光明媚的清晨，綠油油的樹葉上殘留著點點晶瑩剔透的露珠。那是一座朝氣蓬勃、完全沒有遭到人類破壞的美麗森林。

茂密的枝椏傳來些微震動聲響，隨即幾抹纖瘦的身影便輕巧地從樹枝上躍下。尖尖的耳朵、秀麗的外貌說明了他們的種族，也道出了這座美麗森林的名字——精靈族所聚居的森林：伊迪蘭斯亞。

精靈們敏捷迅速地於叢林間穿梭，步伐竟輕巧得沒有壓傷任何踏過的花草。這出於本能的舉動，顯示出這個被吟遊詩人稱爲「森林之子」、「自然界的寵兒」的種族的確如傳說所讚頌般，對花草、樹木懷著眞誠的喜愛與敬意。

這些精靈就像是忙碌的小蜜蜂似地，在森林間穿梭不斷，把握時間收集著殘留在葉子上的露水。伊迪蘭斯亞由於有著精靈一族的命脈「生命之樹」的存在，故而空氣中總充斥著滿滿的靈氣。這些靈氣往往會凝聚在清晨的露水中，是精靈族每天必會出動全族人員收集的寶物。

精靈族有著比人類強大的五感，天生具有卓越的魔法天賦以及漫長的壽命。若不是繁殖能力低，加上與世無爭的性格，只怕統治大陸的種族再也不是人類，而是這些秀麗無比的精靈了。

收集著露水的動作倏地停頓下來，精靈們尖長的耳朵動了動，隨即不約而同地把收集到的露水收起，凝神傾聽著風中傳來的消息。

陣陣婉約清脆、比黃鶯優美百倍的天鈴鳥歌聲傳來，雖然聲音不大，卻傳遍了整座森林。

這隻擁有世上最優美歌聲、最快捷速度的小東西，正是現任精靈王亞德斯里恩的契約伙伴。

沒有人知道精靈王是用什麼方法把如此珍稀的魔獸誘拐作精靈族的傳令員；雖是魔獸，然而天鈴鳥憑著小巧玲瓏的可愛外貌，以及清脆動聽的聲音，立即獲得整個精靈族的喜愛，將之接受爲精靈族的一員。

天鈴鳥雖無法口吐人言，卻擁有不亞於人類的智慧。身爲精靈王的傳令員，牠發出的每段獨特音調都代表著精靈王的話語，此刻天鈴鳥傳來的訊息，竟是全族召集的命令！

到底是什麼事情，令精靈王寧可錯過每天收集露水、裝填生命之泉的重要任務，也要召集全族族人來商議對策呢？懷著滿滿的好奇及不安，精靈們全都放下了手邊的工作，全速朝生命之樹的方向聚集過去。

由於長期吸收生命之樹所散發的靈氣，精靈森林內的樹大部分已衍生出靈智，此刻感受到精靈們的焦慮，阻擋住精靈去路的枝椏，竟主動讓開了一條道路，讓他們能以最短的路程往目的地前進。

很快地，數千名精靈全都聚集在生命之樹四周，屏息等待著精靈王的發言。

生命之樹對精靈族來說意義非凡，它於呼吸間能散發出強大的靈氣，樹液更形成了珍貴無比、能讓精靈族天賦力量覺醒的生命之泉。甚至在傳說中，世界上第一名精靈就是由生命之樹誕生的。

姑且不論這個傳說的真實性，精靈族早與生命之樹形成了共生的關係，種族的繁衍更是與其息息相關，這一點早已是鐵一般的事實。

例如，歷代的精靈王就是由生命之樹所選出。每一任精靈王過世時，所有精靈會聚集在生命之樹旁，進行爲期一週的祭祀。當祭祀進入第七天，生命之樹便會挑選一名精靈，並把自然法則傳授予他，這位幸運兒便是新一任的精靈王。

亞德斯里恩，精靈語代表著「陽光」的意思，他也的確是名無愧於這個名字的美男子。燦爛的金髮、彷如藍天般的深邃藍眸，再配以精靈族特有的秀麗容顏，混合成一種獨特的魅力。

這位上任短短十多年的精靈王只有三百多歲，對應人類的年紀約二十七、八歲，破了上一任精靈王——那位離群的女精靈卡洛琳，以最年輕之姿就任的紀錄。

環視一眼安靜等待著自己發言的族人，亞德斯里恩沒有絲毫隱瞞，道出了剛從白色使者那兒接收到的消息。

「各位，根據克里斯的報告，菲利克斯帝國正值內亂，卡洛琳殿下的女兒，殿下所遺留下來的唯一珍寶，此刻正處於致命的危機之中。而且以克里斯的觀察，這位帝國的四公主體內，那屬於精靈一族的血脈已有覺醒徵兆。這次召集大家過來，便是商議對於這次事件中我族應抱持的態度。」

與受生命之樹挑選出來的精靈王不同，歷代的白色使者卻是世襲的，他們在族群中的地位就像人類的祭師，是唯一能夠傳遞生命之樹意志的人。同時，白色使者還有著聯繫精靈族與外界的責任，不然以精靈族封閉的生活方式，只怕不出數百年，便會如龍族一樣與外界完全脫節。

遇有大事，白色使者便會經由生命之樹，把訊息傳遞給精靈王定奪。因此白色使者可說是精靈族的眼睛，以及在外界的代表，無論在族裡還是族外都有著超然的地位。也由於精靈族崇尚公平原則，白色使者更逐漸演變成各種族之間的仲裁與見證者。例如菲利克斯六世與獸族訂下和平協議時，便是由白色使者出面作見證的。

精靈族只有區區數千人，相比以「億」來計算人口的人類來說，實在是少得可憐。由於數量稀少，加上護短的性格使然，這個種族極爲團結。別看他們性情溫和善良便誤以爲他們軟弱可欺，曾有個好色的人類國王看中了精靈族女子的美貌，派遣士兵進入伊迪蘭斯亞捕捉精靈爲奴，結果此事令精靈族大怒，不單進入森林捕獵的士兵一去不返，更惹來精靈族對整個國家的瘋狂報復。精靈們優秀的弓術、敏捷的速度以及詭異的匿跡天賦，也是在此戰役後才廣爲人所熟悉。

此戰中，精靈族直至將對方最精銳的護衛軍全滅，並把那名國王擊殺以後才回到森林。雖然仍是靜悄悄、與世無爭地生活著，可是再也沒有人膽敢小看這些有著優越天賦，且異常護短的種族了。

精靈王的話一出，族人立即同仇敵愾地叫囂起來：「誰欺侮我們的小公主？眞是不知死活！」

「那孩子好像是叫西維亞吧？不知道她能否應付過來，實在太令人擔心了。」

「早知如此，當初應該把她接回族裡照顧才對。那個可惡的菲利克斯六世竟辜負了卡洛琳陛下的託付，讓我們的小公主受到如此委屈！」

若此刻有其他種族闖入精靈森林，必定無法認出這些憤怒得扭曲了一張張漂亮的臉龐、咬牙切齒的種族，正是被譽爲最和平、最善良的精靈族！

精靈們愈說愈憤慨、愈說愈興奮，後來竟然連「掐爆他蛋蛋！」這種鬼話都說了出來，聽得精靈王嘴角一抽，立即舉手止住了族人益發激烈的發言，以免他們繼續吐出讓精靈族優雅形象破滅的話語。

「我明白了。既然全族通過，那麼我們便先進行以下的戰前準備……」

漫長的歷史以來，這將是隱居的精靈族第二次出世。第一次是爲了那些差點兒便被抓去當女奴的同族，精靈們滅了一個國家的精銳部隊，並且以擊殺一名國王作終結。

這一次，他們同樣是爲了摯愛的族人。

爲了他們尊敬的前任精靈王所留下的血脈——西維亞·菲利克斯！

ch.1 黑吃黑

١٢

行走在叢林間的我們此刻並不知道，平靜的精靈森林竟然因爲獲得了我的消息而沸騰起來。

與同伴會合後，我手抱著一雙小嬰兒，把事情原委老老實實地向眾人交代一番，結果當然少不了惹來同伴們出自於關心的責罵。

還好在得知東方有著「晨曦結晶」這個能夠剋制敵人的武器後，憂國憂民的卡萊爾果然一如我所預料，決定與我們同行，這讓我因受到責備而慭悶的心情立即高興起來。

事不宜遲，有了新目標的我們，天一亮便向著南方進發，前往我的領地布藍達城。

爲什麼會是南方，而不是往東呢？那是因爲我們此刻所在的位置，與東方盡頭的距離彷如天地般遙遠，要是老老實實地以普通方式前往東方，只怕在我取得晨曦結晶時一切已塵埃落定。

布藍達城裡滿布我所投資的奇奇怪怪的……呃……五花八門的產業，以及隨之而來的開發與實驗，其中一樣正是遠距離單向傳送陣！

不是我自誇，這個傳送陣可說是近百年最偉大的劃時代之作。雖然只能單向傳送，可是卻能準確傳送數十人至菲利克斯帝國境內任何一個角落。至於帝國以外的其他國家，並不是因為距離問題而無法傳送，只是因為對方有著守護國土的魔法結界阻擋著而已。

有關這個傳送陣的事情，我並沒有把它上報給國家知道。並不是我藏私，而是它還有許多待改善的地方，例如最重要的能源——它實在太耗晶石了！

啓動這個遠距離傳送陣必須使用大量高純度晶石，消耗度幾乎比得上使出禁咒的程度。蘊含魔力的晶石是經過漫長時光才能形成的寶物，大自然的贈與是無償且珍貴的，我並不希望因為這個傳送陣的面世而引起晶石的過量開採，又或是引發更為可怕的東西——戰爭。

說到魔法晶石，整個大陸對於晶石的開採有著明文限制的協議，國家每年的開採量限定在一個不會造成過分消耗的底限上，這也是晶石的價錢會如此昂貴的原因。

以菲利克斯帝國來說，王室成員每年除了能獲得一筆足夠普通人花用一輩子的零用錢外，更能擁有一批高純度的魔法晶石。當然，這分量是經過國家計算過、在晶石循環再生下可接受的數量。

由於母后的遺言，從小我便儲存了一大堆無用武之地的晶石，結果正好用在傳送陣的實驗上。現在所殘留下來的晶石大概還能支撐兩次遠距離傳送，因此我們此行的目的，便是爲了那個被我隱藏起來的傳送陣。

這個傳送陣的設計雖然仍未成熟，但已能準確地遠距離傳送，這對任何國家來說無疑很具有吸引力，單是在軍事方面，就能大大縮短己方軍隊的調動時間。對於一些國家的野心高層，例如酷愛戰爭的二王姊來說，若要發動戰爭，必定會在軍事運輸上大量消耗國庫儲存的晶石，才不會理會這些晶石形成所需的時間，用掉一顆便少一顆。

「殿下，再往前走會遇上一座由農民聚居而成的小村落，爲了隱瞞身分，到時候我還是稱呼妳爲『維斯特』吧！請見諒。」領先走在前頭的卡萊爾忽然回首向我說了這麼一句話，頓時讓我有點不知所措。

果然，在看到我的傭兵裝扮後，卡萊爾便猜出「維斯特」正是「西維亞・菲利克斯」了。只是數天的旅程中，他卻一直沒有把話說開，依舊畢恭畢敬地稱呼我爲「殿下」，因此我也樂得裝傻，畢竟當初在溫泉發生過的事實在令人尷尬。

想到這裡，我不禁滿臉通紅。

看到我的反應，努力裝作若無其事的卡萊爾終於破功，臉上同樣不受控制地紅了起來，顯然與我想起了同一件事情……

奈娜奇怪地看了看我們，道：「卡萊爾，你們早就認識了？不是只在城堡外見過一面而已嗎？」

諾曼也是滿臉疑惑地看著我們，卻沒有出言發問，不過對方這種淡漠的反應也在我的意料之中。

這個男人沉默得很，同行數天我從未聽過他開口發言，要不是先前曾跟蹤過他們，我還眞的會誤以爲他是啞巴。

卡萊爾孩子氣地一笑，道：「先前我向大家提過的戰友維斯特，正是西維亞殿下喬裝而成。只是我一直不知道殿下的身分，因此在看到殿下以維斯特的裝扮於火光中現身時，我眞的大吃一驚呢！」

「她就是維斯特？那名在你口中劍法高強、身分神祕莫測的年輕傭兵？」奈娜充滿懷疑地盯著我瞧，那種輕蔑的眼神無論怎麼看都令人覺得很不爽！

有時候我覺得這個女人就像頭護子的母獸，爲了保護凡事看起來總是漫不經心的卡萊爾而變得異常凶悍，隨時保持攻擊的狀態。而很可悲地，這次引起這頭母獸敵意、認爲會爲卡萊爾帶來危險的人正是我——這個在她眼中從王室來的大麻煩！

我聳聳肩，不想理會女子莫名其妙的敵意，轉而看向各自被利馬與多提亞抱在懷裡的小嬰兒，暗暗慶幸她們雖然縮小了，歲數卻剛好處在能吃糊狀物體的階段，不然在森林裡，我還眞的不知道該去哪兒找奶給她們喝。

兩個小傢伙只能說一些簡單的單字，我至今仍不確定她們有沒有以前的記憶。不過有時候看到她們眼珠機伶地亂瞄，顯然是在一旁聽著我們說話。這副異於常人的聰敏模樣雖然可愛得很，但也顯示出她們與尋常嬰兒的不同，我猜想轉生的她們或多或少仍保留了一點前世的記憶吧？

眾人之中，要數夏爾最喜歡這對粉妝玉琢的小娃娃了，所有照顧她們的事情都由少年一手包辦，而且是搶著做的那種。

以夏爾那走平地也會摔倒的命，小嬰兒在他手上竟然安安穩穩地活了好幾天，一點意外也沒有發生。倒是夏爾經常被孩子弄得一身尿，又或被弄翻的米粥燙傷等大小事不斷，偏偏少年卻又樂此不疲，展現出超乎常人的母性，看得團隊中的兩名女性——我與奈娜大呼慚愧。

「離小鎮還有一天的路程，到達小鎮後便物色一戶好人家，讓他們領養這兩個小傢伙吧！」多提亞提議。

夏爾立即嘴巴一癟，把懇求的目光投往我身上，道：「眞的要把她們送走嗎？可不可以留下來？」

利馬咧嘴笑道：「不送人，難道你打算自己養嗎？一個毛都沒長齊的小子，養什麼孩子？」

看到夏爾失望的表情，我自然明白在這短短數天的相處中，少年與這對雙胞胎建立了多深厚的感情，因此我並沒有怪責他的任性，耐著性子解釋道：「往後的旅程還很長，她們還那麼小，怎能跟著我們吃苦呢？而且也不知道會遇上什麼危險，完全沒有自保能力的小嬰兒只會成爲累贅。倒不如找一戶好人家領養，給她們一個溫暖的家庭，才是對她們最好的選擇，對不對？」

夏爾也不是個任性的孩子，自然明白什麼對孩子來說才是最好的，雖然滿心不捨，但最終仍是紅著眼眶答應了下來。

聽到我們的對話，奈娜一臉不屑地嘲諷，道：「想不到殿下竟會紆尊降貴地親自開口向平民解釋，這種收買人心的戲碼，也不知道是想要演給誰看。」

我皺了皺眉，奈娜這番話說得尖酸刻薄，聽起來眞的令人很不舒服，好像我是別有目的才對大家好。

雖然先前豹族的班森同樣對人類充滿偏見，並且處處針對我，可是青年所抨擊的只是我的實力，而奈娜卻是針對我的人格！

看到我神情一黯，多提亞正想說些什麼，想不到一向膽小畏縮的夏爾卻忽然正起了臉，很嚴肅地向女子說道：「我討厭妳這樣子說話，那樣很傷人的。小維是個怎樣的人，我認識她那麼久，相信比妳更清楚。她絕不是妳口中那些把平民視爲賤民、庸碌無能的王族！」

一番話把奈娜說得臉上一陣青一陣白，卡萊爾看在眼裡只是低聲嘆息了聲，既沒有阻止夏爾，也沒有上前安慰奈娜，似乎就連他也覺得女子這幾天的表現太過分了。

很難得地說了一番重話以後，夏爾轉身逗弄起窩在多提亞臂彎裡的小娃娃，一副要好好把握時間與孩子相處的模樣。

把嬰兒送往少年手裡，多提亞讚賞一笑，道：「夏爾，你變得勇敢了呢！利馬也是，這次竟然沒有發飆，實在令我意外。」

是嗎？可是剛剛我看到利馬一手抱住嬰兒，一手已往腰間的佩劍按過去了喔！只是夏爾的反應比較快，讓騎士長大人來不及出手。

沒想到利馬竟然不知廉恥地把多提亞的讚賞照單全收，道：「當然，在你們被捕的日子裡，我可是變得愈來愈穩重，益發看得清大局了呢！」邊說著，還邊悄悄地把按在劍柄上的手收回去……

利馬是不是變得能顧全大局我不知道，但我知道他必定不懂什麼叫謙虛！

就在我於心中腹誹著利馬的無恥之際，一言不發地走在最前頭的諾曼忽然做出了一個止步的手勢。

卡萊爾神色頓時凝重起來，道：「小心，有狀況！」

我們放輕腳步，小心翼翼地在樹蔭的掩護下前進，果然不遠處便看見兩批正在對峙的冒險者。其中一方是一隊六人小隊，當中一人衣著整潔，其餘五人身上的衣物卻染滿鮮血，似乎剛經歷一場苦戰，雖然看起來狼狽，卻沒有受到太大的傷害，這些鮮血應該是外物沾染上去的，散落在四周的魔獸屍體也正好證實了我的猜測——二級的疾風狼，雖然等級不高，卻是群居的魔獸，以區區六人來說，這已是很彪炳的戰績了。

與這隊六人團隊對峙的一方足有三十多人，從衣著看來，也是進入森林冒險的傭兵。看這群人臉上不懷好意的表情，我大致猜出到底發生了什麼事。畢竟我們也算是「創神」的成員，自然知道在傭兵這個龍蛇混雜的職業中殺人越貨的事到底有多常見，人跡罕至的森林更是棄屍的最佳地點。

全神貫注地觀察著兩方人馬的動向，隱藏在暗處的我們並沒有出手相助任何一方的意思。雖然表面看起來是人多的那邊在欺侮人，可是誰知道這是不是傭兵界最常見的黑吃黑？那隊六人小隊也不見得眞的是好人，要是只爲了一時之勇而把自己賠進去，那就太不值得了，還是先看看情況再說。

「文森特，你這個卑鄙的小人！當初我還眞是瞎了眼才和你稱兄道弟！想不到我們才在數十頭疾風狼的圍攻下殺出重圍，最後卻被昔日兄弟斷了去路！」似乎是六人小隊的隊長，一名臉上有著猙獰刀疤的中年劍士憤怒地低吼。

三十人隊伍的首領卻是個二十出頭的年輕小白臉，長相尙算英俊，只可惜那陰險的眼神給人的感覺太森冷，從骨子裡散發出來的邪氣更是破壞了整體的美感。

「呵，羅斯福老大，難道你貴人善忘，忘了你口中的好兄弟早就被你們逐出傭兵團了嗎？當時我就說過，我文森特與你們恩斷義絕，被驅逐的仇恨我總有一天會報復的！」

聽到這兒，我大致明白雙方的恩怨了。只是看他們說了這麼久還不動手，這讓一心想在日落前趕至村落休息的我們開始感到不耐煩。

不管你是殺人還是越貨，就不能痛快點嗎？再這麼磨蹭下去，天都要黑了。

一名穿著祭師袍的俏麗少女，在聽到文森特這番厚顏無恥的話以後，忍不住狠狠地罵了回去，道：「閉嘴！文森特你這個忘恩負義的傢伙，別忘記你有好幾次出任務全仗老大救援，才能保住性命。當初得知你在背後幹黑吃黑的勾當，老大念在以前的情誼，沒有把你殺掉，只是驅逐離開，根本就是便宜了你！」

受到少女的怒罵，文森特也沒有生氣，只是滿臉邪氣地舐了舐唇瓣，道：「莉莉，我就是喜歡妳這副牙尖嘴利的樣子。妳不是一直很看不起我嗎？我今天就要妳在我的身下哀叫求饒！」

說罷，青年冷冷下令：「給我殺！那小妞替我留下來，我要好好玩玩，看那張伶牙俐齒的小嘴到底有多會說。」

聽到文森特竟然眞的絲毫不念舊情，一出口便下令趕盡殺絕，羅斯福等人煞白了臉，卻沒有人後退或逃走，五人全都取出了武器並自發性地排好陣型。這些人雖然實力算不上很強，可身爲優良傭兵的素質仍不難得見。

唯獨那名站在他們身旁，衣服卻無絲毫凌亂與血跡的青年沒有任何動作，這令我們一夥人不由得注意起這名長相陽剛英俊，看起來卻有點天然呆，一臉完全在狀況外的年輕人。

羅斯福等人很有默契地把金髮青年護在身後，並沉重地說道：「凱特老弟，你趕快逃吧！我們雖然打不過他們，可是為你拖延一點時間還是做得到的。以文森特的性格，既然選擇動手，就絕不會讓任何人活著離開。本來是一片好心帶領迷路的你走出森林，想不到卻連累了你，真的很抱歉。」

雖然羅斯福這番話特意壓低了音量，可是早在諾曼警告大家有狀況的時候，我便放出小銀燕上前視察了，因此仍是一字不漏地把他的話聽進耳內。

聽到這裡，我這才恍然大悟。原來這名一直呆呆站在一旁的青年，竟是名意外被牽涉進去的普通人，難怪六人團隊中就只有他身上沒有穿護甲，而且衣服乾淨得與身染血跡的五人形成強烈對比。

聽到羅斯福的小隊竟然選擇犧牲自己來牽制敵人，只為了讓無辜的陌生人逃走，我不禁由衷生起一股敬意，也暗暗下了決心，絕不會眼睜睜看著他們被屠殺而見死不救。

文森特的同伴並沒有全數衝向六人小隊，而是只派出足以壓制他們的人數，貓捉老鼠般地欲擒故縱，顯然是打著玩弄一番再把對方殺掉的惡劣心思。

卻也正是由於敵方並沒有一開始便使出殺著，因此在十多人圍攻的狀況下，羅斯福等人仍能勉強防守，然而大家全都心知肚明，這也只是讓他們拖延戰敗的時間而已，死亡終究是他們最後的歸宿。

「可惡！我看不下去了！」利馬握緊手裡的長劍，想要衝出去幫忙。

「不！再等一下。」我拉了拉利馬的衣袖，換來對方不解的眼神。然而我卻沒空解釋，所有心神全都投放在那名金髮青年身上，只覺得不對勁，非常非常不對勁！

這個應該只是個普通人的青年，在雙方爆發出混戰時既不驚惶，也沒有嘗試逃跑，最奇怪的是，這個人呆呆地站在原地，卻沒有受到任何傷害。刀劍還可以說是羅斯福他們替他擋下的，可是在漫天飛舞的魔法流彈及箭矢中他卻仍沒有受傷，這就顯得很耐人尋味了。

卡萊爾與諾曼顯然也看出那名青年的不尋常，因此也贊同我的意見，按捺著沒有出手，然而一直針對我的奈娜卻小聲地嘀咕道：「貪生怕死！」

聳聳肩沒有理會她，無理取鬧只會讓奈娜顯得幼稚。我無法讓所有人都喜歡我，她想怎麼說是她自己的事，我只要問心無愧就可以了。

六人……不，應該是五人的傭兵小隊以劍士羅斯福為首，成員分別為兩名劍士、一個刺客、一個魔法師以及一個祭師的組合，可謂麻雀雖小卻五臟俱全。雖然他們的實力在我們眼中並不特別強大，可是同伴之間卻有著極佳的默契與信任，進退得宜，發揮出比個人實力強上一倍的戰鬥力。

即使如此，在十多人的圍攻下仍是顯得險象環生。人終究不是鐵打的，體力總會有用盡的時候，不久，羅斯福等人的動作明顯變得緩慢下來，一直在旁冷眼旁觀的文森特看準時機出手，攔腰便揮劍往羅斯福的腰間斬去！

眼看羅斯福就要被人攔腰一分為二，我再也耐不住想要出手阻止。與此同時，金髮青年雙眸閃過一陣猶疑與掙扎，隨即一股強大的威壓便從他身上爆發出來。

等了這麼久，總算引得對方出手了！屏著氣等待著接下來的一場好戲，一道纖瘦的身影卻忽然阻攔在羅斯福與文森特之間。

見狀，金髮青年發放出來的威壓瞬間收回，又再度變回先前那副人畜無害的樣子。除了一直凝神觀察著他的人以外，誰也察覺不到這個只維持了短短數秒、一放一收的變化。

替羅斯福擋下致命一擊的，正是最終忍不住出手的奈娜。只見女子毫不費力地舞動著比她手臂還要粗大的巨劍，以劍身橫掃開去，一招便掃飛了連同文森特在內的三名敵人！

被奈娜擊中的三人飛出老遠後倒地不起，竟就此完全失去了戰鬥力，令首次目擊她出手的我咋舌不已。以女子那種野蠻無比的力道，若她不是使用劍身而是劍刃，只怕這三人已經一分為二，腸子嘩啦嘩啦地掉滿一地了吧？

既然奈娜的存在已經暴露出來，我們再藏下去也沒有什麼意思了。卡萊爾向我歉然一笑，便與諾曼一起衝了出去。無奈地嘆了口氣，我示意夏爾好好留下來照顧兩名小嬰兒後，也領著兩名騎士長前往戰場支援。

至於一直尾隨著我們的克里斯，自與卡萊爾他們同行以後，便再度啓動了幽靈模式，已經很久沒有現身了。可是直覺告訴我，他仍一直陪伴在我身邊，沒有離開。

兩名小娃娃被戰鬥的響聲吵得睡不安穩，此刻多提亞把孩子送至夏爾懷裡，換手之間還是無可避免地把她們弄醒了，只見孩子小嘴一癟，便哇地一聲哭了起來。

看到心肝寶貝們哭得可憐，夏爾頓時慌張起來，立即一輪風刃、水球、火球等攻擊魔法滿天飛，而且是敵我不分、無差別的可怕攻擊。要不是羅斯福等人被卡萊爾他們護著，只怕已在這一輪的攻擊下被打趴在地，再也站不起來了。

一輪飛沙走石過後，森林總算回復先前的寧靜。夏爾見狀滿意地點點頭，在眾人目瞪口呆的注視下，開始了下一輪的工作——哄孩子去。

盯著少年呆呆看了良久，羅斯福這才反應過來，領著同伴上前向大家道謝。

看到他們的舉動，金髮青年思考了片刻後也跟隨著他們上前，神情卻沒有羅斯福等人的感激，而是略微冷淡地說了一聲謝謝。

我總覺得青年道謝的原因並不是因爲我們拯救了他的性命，而是因爲奈娜及時插手，以致讓他不用暴露自身的實力。

看著遍地動彈不得的傷者，我搔了搔臉，問：「他們怎麼辦？」

羅斯福帶有刀疤的臉上浮現掙扎的神情，然而最終仍是沒有說出把對方殺掉的話，道：「把他們交給城鎮的警衛隊吧！殺人越貨的傭兵受到各方勢力憎恨，不用我們對付他，這些人也會受到應得的懲罰的，至少廢去一身武藝，發放至礦場做苦力是免不了的。」

曾受到文森特侮辱的祭師莉莉張了張嘴，卻還是沒有說出趕盡殺絕的話，令我對這隊傭兵小隊的善良有了新的認知。

多提亞微微一笑，道：「途經城鎮的時候，我們會派代表爲這次的事件作證明的。」

羅斯福大喜道：「那就先謝過了。」

ch.2 同行者・凱特

雙方互相認識了一下，我們當然沒有表露眞正的身分，而是自稱是外出歷練的冒險者。這年頭以搜集有用的藥草、獵取魔核維生的冒險者可多了，因此對方倒是對此沒有任何懷疑。

反倒是先前我們躲起來袖手旁觀的舉動似乎讓他們很介懷，這便是「創神」團章出場的時候了。果然，在得知我們竟有五人是創神的團員時，羅斯福立即疑慮盡去，令我不得不佩服創神的好名聲。

羅斯福等人的身分相比我們來說便簡單得多了，五人是一隊小有名氣的傭兵小隊，頗讓人意外的是，他們全都是在前方小鎮土生土長的居民。聽到這消息時，我不禁心中一喜，先前還在發愁城鎮裡沒有認識的人，現在一下子便認識了五個，也許可以拜託他們替雙胞胎物色一個想要領養孩子的家庭吧？

至於那名神祕的金髮男子凱特，羅斯福對他的身世也不太清楚，只是在獵殺疾風狼的過程中，偶遇這個單槍匹馬在森林裡四處亂走的青年，細問之下才知道對方迷路了，於是出於好心便順道帶著他。

我打量著眼前的金髮青年，他長得很高大，甚至比高大的羅斯福還要高上幾分，卻又與滿身肌肉的男子不同，凱特身體的線條呈完美的流線型，感覺上充滿了力量與爆發力。

青年的長相很英俊，然而充滿陽剛味的臉龐上卻是一種與相貌不搭的憨厚神情，似乎到了現在仍是搞不清楚狀況的樣子。當我們詢問他目的地時，他竟然回答我們不知道，這讓我無言良久。

羅斯福一行人不愧爲經驗豐富的傭兵，在我們婉拒了他們以魔核爲謝禮的建議後，五人以充滿效率的速度，飛快肢解了地上的十多頭疾風狼屍體。魔核、狼皮甚至連獸牙也不放過，所有有用的東西全都打包帶走。

看著大包小包的羅斯福等人，以及被押送往城鎮接受審判的三十多名傭兵，我不禁無奈地嘆了口氣，本想低調進城，現在卻是想要不高調也難。

□

得知我們會在小鎮暫留，羅斯福很熱情地招待我們到他家暫住。雖然男子健壯的體魄配以臉上的猙獰刀疤，給人一種可怕的感覺，然而羅斯福實際上卻是名純樸熱情的老好人，而且還是位非常出色的首領。

在我們之中，傭兵小隊的注意力大都投放在除卻兩名小嬰兒外，年紀最小的夏爾。在知悉獨力放倒三十多人的少年並不是魔法師，只是個魔法學徒時，眾人全都吃驚不已。

我的視線不禁飄至遠方，並想起了一件早已塵封的往事……

在魔法方面，夏爾可說是名眞正的天才。八歲時，少年的魔力已達到了魔法師的水準，加上有著妮娜這位名師的指導，咒語與技巧更是遠比尋常魔法師出色。

本來以夏爾的水準，成爲史上最年輕的魔法師絕對綽綽有餘，然而他卻偏偏膽小得不得了，而且受不得絲毫壓力。法師的魔法取決於精神力，緊張無比、完全無法集中精神的魔法師，所施展出來的魔法到底會有多糟糕，絕對可想而知。

最驚人的，就是少年的狀況與他人完全相反，人家精神力不集中頂多放不出魔法，夏爾卻是很乾脆地讓魔力暴走起來。因此，在八歲把考試會場炸出一個十公尺深的大洞、九歲放毒氣、十歲水淹魔法學會以後，夏爾便被對方列爲謝絕往來的對象，從此在魔法考核試驗中被永久排除在外。

正因爲如此，即使現在少年的心理狀態已有明顯的成長，暴走狀態也很久沒有出現過了，但魔法公會的會長卻完全沒有鬆口的意思，可見他當年絕對被夏爾這名小煞星氣得不輕。

也因此，夏爾只好繼續做一名有著大魔導師魔力的魔法學徒了。

妮娜爲此多次衝至魔法公會大吵大鬧，結果這幾年轟掉人家總部的新聞層出不窮。有時候我會想，夏爾之所以一直無法再度參加考核，也許主要原因不是因爲三次破壞考場的驚人事蹟，而是因爲他的師父多次把人家的總部轟掉！

在我們逗留在城鎮的短短數天，除了神祕青年凱特，傭兵團中唯一一名魔法師艾比也借住在羅斯福家裡，並且好學不倦地向夏爾請教。這位小城鎮出身的魔法師一身天賦竟然不弱，最令人敬佩的是那份對魔法的熱誠。

要知道夏爾只是名魔法學徒，而且年紀比對方足足小了十多歲，但艾比卻仍是放下身段，非常誠懇地向少年請教。相比青年那身不弱的天賦，這種對知識的渴求卻是更加地難能可貴。

夏爾心腸好，輕易地便被艾比對魔法的熱誠感動，自然知無不言、言無不實。在短短數天裡，艾比獲得的好處絕非筆墨所能形容，以致於他終生對夏爾敬畏無比。這一點即使在多年後青年再有奇遇，最終成爲傳說中的法神後仍舊沒變……

當然，這些都是後話了。現在誰也不會知道這名平平無奇的魔法師，在將來會有著不遜於夏爾的顯赫成就，只是懷著能幫忙便幫忙的心情來拉他一把而已。

至於小嬰兒去向的問題，竟出乎意料在進城的首天便順利解決了。

羅斯福的妻子愛琳是個水靈靈的大美人，雖然算不上傾國傾城，可是在這種小城鎮裡已算是首屈一指的大美人了。加上羅斯福臉上那道猙獰的刀疤，夫婦兩人站在一塊兒，簡直就像美女與野獸，給人一種不相配的感覺。

然而，我們誰也不認爲羅斯福高攀了他那位美麗的妻子，從莉莉的口中得知，羅斯福臉上的傷疤就是爲了保護愛琳而留下的，毀容以前的羅斯福原本也是個氣宇軒昂的俊偉男子。

愛琳自小體弱，早已喪失生育孩子的能力，在女子心目中，羅斯福是個頂天立地的男子漢，反倒是自己配不起他，無法給予丈夫一個健全的家庭。

人類就是這樣，得不到的東西才會益發懂得珍惜，愛琳與羅斯福雖然嘴巴上不說，可是卻無比渴望能夠擁有自己的孩子。正因如此，小孩子對他們來說簡直有著致命的吸引力，更遑論珍珠與花火這雙粉妝玉琢的雙胞胎了。

看到他們二人那副把嬰兒抱在手裡便再也捨不得放下來的神情，我不禁心頭一喜，暗呼了聲「就是他們了！」。

羅斯福雖然實力一般，然而卻是個會用生命來保護妻兒的男人，加上這對夫婦是真心喜歡小孩子，把雙胞胎交託給他們無疑是最好的選擇。

果然，詢問之下二人大喜，立即滿口答允下來。

分離的時候，夏爾最終還是忍不住眼淚，平常總是活潑愛笑的小嬰兒，似乎也知道分離的時刻到了，一反常態地異常安靜，乖巧地任由少年把她們緊緊地抱在懷裡。

孩子們雙雙仰起頭，機伶的眸子一眨也不眨地盯住夏爾，似乎想把少年的容貌牢牢記在腦子裡。隨即，一藍一紅兩道光芒在嬰兒身上閃爍著，並逐漸形成一道由光芒所形成的漩渦，把三人包圍在其中。

這些魔法元素所形成的波動肉眼無法看見，卻瞞不過我的眼睛。在光芒展現的同時，我也被嚇了一跳，首先浮現在腦海中的念頭便是上前阻止這異狀，然而轉念一想，卻又把這股衝動強行壓了下來。

夏爾那麼寵這雙小娃娃，我相信珍珠她們絕不會傷害他，說不定這些魔法元素還對夏爾大有好處呢！因此，我最終還是沒有阻止這道無論怎麼看都詭異得很的元素漩渦，只是在旁全神貫注地警戒著，只要夏爾稍微露出一點危險的徵兆，便立即上前阻止。

事實證明一切都是我多慮了，光芒來得快、去得也快，持續不過五秒便已消逝無蹤。身處光芒中心的夏爾甚至完全沒有察覺到發生過什麼事，仍是一臉不捨地與小嬰兒輕聲道別。

夏爾的狀況與先前並無二致，完全看不出這道元素漩渦對少年產生了什麼影響；雙胞胎此刻仍在牙牙學語的階段，自然也問不出什麼來。見狀我便裝作毫不知情，夏爾本就膽小，免得說出來後反令他太介意，嚇到他就不好了。

我沒有把這對小嬰兒的眞正身分告知羅斯福與愛琳，向孩子們道了一聲珍重，便再度踏上了旅程。

□

爲雙胞胎找到合適的養父母後，再度出發的一行人中卻多了一條擺脫不掉的尾巴……

凱特！

對於這名神祕可疑、曾在羅斯福受襲時瞬間放出強大威壓的男子，我們一直保持著應有的警戒，對他的態度有禮又疏離，遠不如與羅斯福他們相處時那般親近。

想不到離開城鎮後，這傢伙竟一直不疾不徐地尾隨我們，而且正大光明得很，大大方方地跟在後頭，一點也沒有隱藏起來的意思。

「怎麼辦？要把他趕回去嗎？」奈娜瞄了一眼尾隨著我們的身影，顯然已被金髮青年搞得有點不耐煩了。

卡萊爾揉了揉發疼的額角，道：「怎麼開口？他又沒有打擾我們，說服他離開總要有個藉口。」

夏爾小聲詢問道：「會不會只是巧合？也許他剛好也要去布藍達城呢？」

少年的話立即惹來利馬的抨擊：「笨！先前羅斯福不就詢問過凱特了嗎？我們全都清楚聽到他說自己並沒有確實的目的地，現在尾隨著我們的舉動又怎會是巧合？要是讓我說的話，哪需要什麼理由？拳頭大就是道理，恐嚇一番讓他不再跟著我們就好了。」

多提亞微微一笑，祖母綠的美麗眸子於陽光下變幻著深淺不同的色調，道：「夏爾，多動腦筋是好事。雖然你剛才的猜測未必正確，可是腦筋就是要多動動才不會退化，不然就會變得像利馬一樣，變成一個只懂反對卻又提不出有用的建議，還自個兒沾沾自喜的暴力男了。」

夏爾乖巧地點點頭示意了解。

沒有人喜歡老是成爲參考教材，更何況是反面的那一種。偏偏兩名騎士長的實力在伯仲之間，而且別看多提亞臉上總是掛著溫和的笑容，看起來很好相處的模樣，內心卻腹黑得很，還有著微笑著說狠話的可怕天賦，我從沒看過有誰在多提亞進入腹黑狀態下能夠討得了便宜的。

從小一起長大的利馬自然知道自己拿多提亞沒轍，因此只能很憋悶地閉上嘴，然後……堂堂皇家騎士團第三分隊的騎士長，竟然邊走邊悶悶不樂地踢起小石子！

看到利馬的動作，我不禁嘴角一抽，並無限懷念起卡戴維這個能幹的保母……不，副騎士長來。

說起來，自上次的古遺跡事件後，第二、三分隊的兄弟們便再次接到調遷的命令。那時候我們撤退得倉促，加上怕惹人懷疑，也就沒有聯繫彼此，不知道大家現在身處何方？

由於利馬騎士長的反應實在太出人意料了，我與多提亞、夏爾三人早已見怪不怪，卻並不代表卡萊爾三人能夠處之泰然。就連遠遠跟在我們身後的凱特也停了下來，看著利馬「返老還童」的洩忿動作直眨眼。

我歪頭想了想，便舉步往凱特走去。

前進不過兩步，便被身旁的多提亞眼明手快地拉了回來，道：「維，怎麼了嗎？」

「再這樣下去也不是辦法，我想過去問問凱特尾隨我們的原因。又不是不認識，直接去問他不就好了嗎？」

我的話一出，所有人全都愣住了。

看到沒有人吭聲，我也不知道他們到底是贊成還是反對。多提亞拉住我的手倒是鬆開了，於是我疑惑地看了看大家後，也就繼續往凱特走去。

才剛來到凱特面前，我還沒開口詢問，青年卻已先一步作出了回答，道：「我這次出來的目的除了要好好歷練一番外，還要完成父親交託給我的任務，看到你們的團隊中混有一名精靈，好奇之下這才跟過來看看。」

青年伸出手，指向一處什麼都沒有的角落。

那個位置，正是隱身後的克里斯站立的地方！

在眾人的注視下，那個本來什麼都沒有的位置開始浮現出淡淡銀光，在光芒之中，一個虛幻縹緲、看起來與阿飄無異的身影逐漸凝聚，很快地，一名銀髮藍眸的精靈少年便出現在眾人眼前。

有一段時間沒看到克里斯現身了，少年那張清秀的臉上依舊是讓人無趣的淡然。靜靜地看了凱特好一會兒，克里斯忽然彎腰向對方行了一禮。根據我對精靈族那淺薄的了解，只能看出這個動作與少年曾向我所行的禮儀略有不同，似乎並不是向上位者，而是向地位相同的同輩所行使的禮儀。

看到克里斯的動作，凱特像是有點苦惱地皺了皺眉，隨即也回了一禮，動作隨意又瀟灑無比。

身爲王室直系成員的我，自小便學習各式各樣的禮儀以備不時之需，雖然對於其他種族的禮儀所知並不詳盡，但基本的禮數卻還是懂的。

就如同克里斯剛才的動作，雖然我不了解其中含意，但仍能看出這是來自於精靈族的禮儀。

然而凱特的動作卻讓我感到很陌生，也就是說凱特所屬的種族，是個就連菲利克斯王室也沒有相關資料的神祕種族！

要知道就連被譽爲世上最孤僻……呃，最神祕的精靈族，我也學習了好幾種較爲基本的精靈禮儀。雖說世上種族不少，然而擁有人類形態，以及高度智慧的種族卻不多，國家沒理由沒有紀錄才對，這讓我對於凱特的種族更加好奇。

克里斯的現身，把眾人的視線全都吸引至他身上。

精靈那獨特的清冷嗓音緩緩響起，道：「這個人的身分我不方便透露，然而殿下可以儘管讓他同行沒關係，而且也不用隱瞞他什麼，他的存在對您只會有幫助，沒有任何壞處。」

聽到克里斯稱呼我爲「殿下」時凱特並沒有露出任何訝異的神情，反倒是一臉恍然大悟。這種盯著我的臉在回憶著什麼的複雜神情我並不陌生，難道這個人也是母后的舊識嗎？

克里斯說罷，便向我露出一個鼓勵的笑容。少年的笑容與他漠然的氣息不同，總是很美麗、很溫暖，可是卻也很短暫，每當我想要再看眞切一點的時候，便已消失無蹤。

仔細一想，自從認識克里斯起，那溫暖的笑容往往總是爲了我而展現，這讓我在感受到小小失落的同時，也感到一種特別的自豪與喜悅。

看到克里斯再度淡化了身影消失不見後，多提亞把詢問的視線投往我身上，道：「維？」

我毫不猶豫地說道：「我相信克里斯，而且我也願意相信凱特的話，在他身上，我感覺不到任何惡意。」

我的話語一出，多提亞、利馬、夏爾以及卡萊爾立即態度大變，先前面對凱特時所保持著的警戒與疏離感頓時消失無蹤。

看到四人的反應，諾曼還能沉得住氣，可是奈娜卻已滿臉不可思議地驚呼道：「這樣子便算了？這傢伙怎麼看怎麼可疑，我們的身分那麼敏感，雖然我也很敬重精靈族的『白色使者』，然而單單因爲這番毫無根據的話，我們便要把底牌攤給這個可疑的男人看嗎？」

被奈娜當面質疑，凱特既沒有生氣，也沒有出言爲自己辯護，只是很好脾氣地微笑著。

「我們之所以選擇信任他，也不全是因爲克里斯的話，維斯特的意見才是關鍵。」卡萊爾解釋道：「維斯特有著令人驚歎的直覺，既然她認爲凱特信得過，那麼我們就可以相信他！」

青年的一番話說得斬釘截鐵，不光是奈娜，就連諾曼也露出訝異以及質疑的神情，畢竟卡萊爾的話太令人難以置信了，若那兩人不是深知青年的爲人，知道對方絕不會信口開河讓大家置身於危機之中，只怕他們絕對會毫不猶豫地投下反對票。

出於對卡萊爾無條件的信任，最終奈娜與諾曼還是勉強地點頭答允凱特的加入。

獲得同行的允許，凱特向我露出一個老實又憨厚的笑容，配上他那張陽剛又英俊的臉龐，絕對能迷倒一大片雌性生物，讓她們母性（狼性？）大發。

可是我總覺得這個男人並不如外表般憨厚，雖然他看起來似乎呆呆的、沒什麼心機，但我卻覺得這只是爲了掩飾他本性的表象。

既然選擇相信克里斯的建議，對於凱特我便再也沒有隱瞞，爲免對方因爲搞不清情況而把大家置於危險中，還是應該把我們的狀況告訴他才對。

當知曉我們這些人全都是響噹噹的通緝犯後，凱特仍能笑笑地保持冷靜。可是當我敘述到古遺跡大戰、屠龍、決戰獸王、遇上魔族軍團長、奪取魔獸之心這些充滿暴力與惹禍精髓的旅程時，凱特終於再也沉不住氣，俊臉上的神情可謂精彩至極。

良久，青年才從嘴角擠出一句：「幹！先不說魔族，遇上亞龍妳竟然還能夠活下來，還眞是好狗運！」似乎給他的衝擊太大了點，凱特此刻已顧不得裝憨直純眞了，先發洩了再說。

「贊成。」女神大人像遇上知音般的愉悅笑聲在我腦海中迴響，聽起實在刺耳得很。

看到一直表現溫馴憨厚的凱特瞬間性情大變，所有人都露出了驚訝的神情。多提亞腦筋轉得最快，對於凱特的話馬上反應過來，道：「亞龍？」

聽到多提亞的詢問，青年立即憨然地笑了笑，瞬間又再度變回先前那個呆呆的老實青年。然而，此刻就連最單純的夏爾也不再認為凱特像外表顯露出來的那麼單純了。

「亞龍是龍與魔獸的混血，據維斯特的形容，那頭飛龍所繼承的龍族血脈並不多，才會那麼輕易被他們擊殺。」言下之意便是，要是我們遇上的是眞正的巨龍，只怕結局是凶多吉少。

難怪他會說我好狗運，現在我也不得不感嘆自己的好運氣。

說到這兒，凱特的語調變得很嚴肅，道：「龍族與亞龍雖外型相近，但絕對是完全不同的存在。不要試圖去挑戰一頭巨龍，龍族擁有很高的抗魔性，一身鱗甲更是刀槍不入，壽命幾乎可以媲美精靈族，龍語魔法更是大陸上其他種族的惡夢。」

白光閃現，一直以來很少現身的克里斯解除了隱身的狀態，竟然加入了訓話的行列，道：「凱特說得對，千萬別招惹眞正的巨龍，即使你們能夠殺掉牠，接下來也會承受其他巨龍無休止的追殺。龍族滿身是寶，人類之中就曾興起了屠龍的熱潮，一些仍未步入成熟期的幼龍往往成爲獵殺的目標。巨龍沒有養育孩子的習性，這更給予貪婪的人類有機可乘的機會。龍族的數量本就稀少，又怎禁得起如此瘋狂的掠取？直至龍王發聲，所有獵殺龍族的人類將會受到龍族毫不保留的追殺，並且以鮮血見證了這番宣言以後，人類這才收斂了下來。」

最後，精靈族的白色使者語重心長地告誡道：「請殿下謹記，龍族雖然是世上體型最龐大的種族，可是卻也是最小氣的種族，睚眦必報。」

凱特有點無奈地反駁道：「龍族怎樣睚眥必報，也不及精靈來得護短吧？」

「愛護同族是美德。」淡淡地回了一句，克里斯便再度恢復了隱身狀況。

雖然被二人教訓了一頓，可是我卻沒有任何不悅，反倒因那份溫暖的關心而心頭竊喜。

怎麼說呢？克里斯對我的擔憂雖說不上是理所當然，但也在情理之中，畢竟我母后與少年有著不淺的交情。

只是想不到剛結交的凱特也對我如此關心，這讓我有種受寵若驚的感覺。

知道他們都是爲我好，我自然不會不知好歹地反駁什麼，而是乖巧地應允下來，並把兩人的告誡謹記在心。

聽過凱特的警告，多提亞等人看向青年的目光也隨即變得柔和下來。這番話至少展現出凱特基本的誠意，也算是青年用同伴的身分主動地向大家示好了。

ch.3 布藍達城

離開布藍達城只有短短半年的我，重新回來時卻已有種彷如隔世的感覺。

居住在這兒的時候我還是尊貴的四公主，可是現在卻已成了通緝犯，實在不得不感嘆一聲世事無常啊……

還好居住在南方的這些年來，一切事務力求低調，除了最親近的幾人，其他人只知道四殿下在南方隱居，卻不知道我的確實長相。

因此，在那些認識我的平民眼中，我也只是那個偶爾會在酒吧與調戲他人的傭兵大打出手，又或是經常在商店與店長討價還價的奇怪貴族千金，誰也不會深入探究我到底是何方神聖。

甚至就連布藍達城的官員，也沒有多少人能認出我這名頂頭上司的長相。

眾所周知，菲利克斯帝國劃分爲三十六個大小不一的公國，大王姊所外嫁的史賓社公國位於偏遠的北方，是最爲苦寒，卻擁有最強大兵力以及最勇猛戰士的貧窮公國。

至於南方城鎮布藍達則歸愛德格公國所管轄。公國的大公是位年近七十的老人，性格就像名平和、沒有野心的隱士。說好聽點是沒有野心，說難聽點就是懶。

也不知道是不是因為南方的氣候太宜人，基本上愛德格公國的領主與他們的大公，在管理的積極性方面也是半斤八兩（也就是一樣地懶）。幸好南方土地肥沃，即使權力者不多費心神管理，單是農業所得的收入就足以支撐起整個公國的開銷。

可是如此一來，問題便出現了。國家沒有其他獲利途徑，所有收入全仗農業所得，久而久之農業的稅收方面便變得愈來愈重，以致農民即使在豐收下也只能勉強溫飽，更由於大公的放任不管，導致國內的貪污風氣日益嚴重。

即使如此，沒有高學歷的農民民風仍舊非常淳樸，雖然人民生活艱苦，可是溫暖的氣候以及美麗的景致，仍使愛德格公國中農業最為發達的布藍達城，有著「帝國花園」的美譽。

緩慢的生活節奏、優美的環境，以及淳樸友善的鄰居，這簡直就是提早退休、享受人生的最佳落腳處。因此，當年向父王提出南遷的要求時，我二話不說便相中布藍達這座美麗的城鎮。

結果樂極生悲，這個十二歲退休的偉大宏願竟然被父王無意中知悉，他二話不說，便把布藍達城的領主之位交到我手裡，美其名是不想讓我的腦袋因為過於悠閒而腐化，實際上卻是讓我深入虎穴來個黑吃黑……

總而言之，經過我使用各種手段大力掃蕩整頓一番，在一切都上了軌道以後，便立即當個甩手掌櫃，把所有職務與權力下放至妮可身上。那時候，妮可看著我的眼神眞的超級恐怖！不過在我的百般懇求下，她還是無奈地答應了下來。

結果歡天喜地地從領主的職務中大解放後，我便開始著手把多出來的零用錢用來投資各種產業，最後生意竟然愈做愈大，賺得盤滿缽滿。

最終，就是這些暗地裡經營的生意又下放到妮可身上……

想到這兒，就連一向厚臉皮……呃……自我感覺良好的我都覺得自己有點過分了，臉也忍不住紅了起來。

□

觸目所見，布藍達城並沒有太大的轉變，氣候依舊溫暖宜人，路邊盛開的花朵發出陣陣幽香。可是我總覺得有種奇特的違和感，看起來似乎有什麼東西悄悄地改變了。

夏爾陶醉地閉上雙眼，並深深地吸了口氣，道：「好香！不愧是被稱為『帝國花園』的城市，到處都是艷麗的鮮花呢！」

就在膽戰心驚的我正要出言提醒之際，利馬已一拳往少年的頭上揍下去，道：「走路看路！別再浪費晶石了！」

與夏爾同行也有好一段日子了，眾人自然明白利馬這番話到底是什麼意思。以少年那種走在平路也有辦法摔倒的命，看他每天一小傷、三天一大傷，魔法晶石就像是不用錢般用在治療上，當事人不心痛，我們這些旁觀者可受不了。

看！就連剛加入的凱特，也在充分見識過夏爾的敗家能力後，對利馬的話深表贊同地點點頭！

一向很有紳士風度的多提亞，總是對女性及孩子特別溫柔（他的副隊長菲洛除外），摸了摸夏爾的頭，騎士長安慰道：「大家也是心疼你。」

少年小聲嘀咕道：「怎麼我覺得你們比較心疼的是我的晶石？」

聽到夏爾委屈的低喃，卡萊爾笑著站出來打圓場，這名叛亂組織的首領總是笑得人畜無害，爽朗又略帶孩子氣，給人一種很舒服的親切感。「其實也難怪夏爾會有這種反應，這兒的景致實在比王都漂亮太多了，可惜不知爲何居民看起來都一副心事重重的模樣，這倒是讓這美麗的風光失色不少。」

舊地重遊難免激動，因此我一時之間並沒有發現不對勁之處，只是覺得四周的感覺有點怪異。經卡萊爾一說，我才發現路過的居民都是一副憂心忡忡的樣子，即使臉上掛著笑容，神色間卻也充滿了憂慮。

布藍達城是我的領地，看到居民們似乎生活得並不愉快，總愛針對我的奈娜自然不會放過這個嘲諷我的大好機會，道：「聽說這兒是西維亞殿下的領地，似乎名聲不錯的四殿下也不外如是而已。果然見面不如聞名，她的統治也不見得像傳聞中好嘛！」

奈娜說這番話的時候，並沒有壓低音量，顯然是故意說給所有人聽的。看到居民們如自己所預期般被她的話吸引了視線，並且開始往她的方向聚集過來時，女子的臉上露出了志得意滿的神情，挑釁地向我露出勝利的笑容。

然而下一秒，她的笑容便凝住了。

「竟然詆毀四殿下！妳這個女人到底有何居心!?」

「外來者不知道可別亂說話！」

「妳是什麼人？難道是新領主派妳來的？」

看著眾人那憤怒的神情，奈娜的腦袋顯然一時短路了。以女子的身手，區區十多名手無縛雞之力的普通人當然不是她的對手，然而，包圍她的都是普通平民，總不能一言不合便向普通人動手吧？結果奈娜只能很憋悶地呆站著，忍受居民們的飛沫攻擊。

奈娜那不經大腦的挑釁舉動已經超出我的底線，伙伴們似乎也有點生氣了。不單沒有任何人上前爲女子解圍，利馬甚至還小聲罵了聲：「活該！」

新加入的凱特乖巧地站在一旁，然而仔細一看，那雙看似單純的天藍色雙眸，隱隱透露出幸災樂禍的光芒。

最後還是卡萊爾心軟，上前爲奈娜解圍，道：「各位很抱歉，我們只是外來的旅人，由於看到大家心事重重的表情，便誤以爲是統治者的過錯，請原諒我同伴的冒失。」

卡萊爾本就有種令人樂於親近的魅力，加上那孩子氣的招牌笑容，居民們的態度明顯軟化下來，道：「既然如此，這次的事情就算了，只是請不要繼續說出詆毀四殿下的話語。四殿下是愛民如子的好領主，更推出不少有利民生的政策，雖然我們書讀得少，但誰對我們好、誰只是想要從我們平民身上壓榨出錢財，我們還是分得出來的，四殿下是一位非常值得尊敬的領主大人。」

這名身材健壯的農民正好道出眾居民的心聲，贊同的聲音頓時此起彼落。

「大家之所以愁眉不展，是因爲新來的那個討厭領主！」童言無忌，一名年約十一、二歲的少女惡狠狠地說道。

少女身旁的老人以年輕人也自愧不如的極速，一把摀住了少女的嘴，並且神經兮兮地四處張望，確定在遠處駐守城門的士兵沒有聽到少女的話後，才小聲責罵道：「小丫頭別亂說話！新來的領主大人沒有四殿下的好心地，可不會因爲妳是小孩子就原諒妳的無禮！」

被老人責罵，少女委屈又不甘，但仍是紅著眼眶點了點頭。

聽到少女的話，我忍不住越群而出，道：「新來的領主怎麼了？」布藍達城是一塊大肥肉，我被通緝後，王都立即派來新領主接手這點並不奇怪，只是這位新來的領主大人似乎很不討喜，人緣極差的樣子。

老人滿臉警戒地打量著我們，道：「你問這些事情想要做什麼？」

「我們沒有惡意，只是想知道有沒有什麼地方能夠幫忙。」多提亞露出無可挑剔的優雅微笑，亮出了腰間的佩劍，一朵外型高貴的鳶尾花頓時出現在眾人面前。

這些雖然是居住在下城區、地位最低下的平民，然而只要是菲利克斯帝國的國民，誰不知道歷史最悠久、貴族中高貴無雙的帝多家族？仔細一看，劍柄上的銀色鳶尾花紋流動著一層淡淡的紫光——紫色鳶尾，這是只有帝多家族直系子弟才有資格佩帶的家徽。

老人嚥了一下口水，這才大夢初醒般慌忙想要行禮，卻被多提亞眼明手快地制止下來。

「我此刻的身分只是名普通旅人，之所以亮出家徽，只是想要給予各位信心。我們是真的想幫忙，請問能把新領主的事情告訴我們嗎？」

深深地看了對方一眼，以老人家的閱歷，自然看出那雙美麗的祖母綠眸子裡的眞誠。

雖然多提亞這麼說，但老人仍舊尊敬地向青年欠了欠身。只是面對貴族時的壓抑與恐懼不見了，取而代之的是由衷地敬仰。「我明白了，有四殿下的先例，我們很清楚並不是所有貴族都把平民視如螻蟻，其中也是有些眞心待我們好的權貴。」

「你們很推崇她嘛。」先前受到居民怒罵的奈娜一臉不甘，不服氣地諷刺了聲。

「我們就是推崇四殿下，那又怎樣？」

再次出乎女子的預料，平民的學識不高，自然也沒有那麼多七彎八拐的心思，不單聽不出奈娜話裡的嘲諷，甚至還理所當然地直認不諱，道：「妳不知道當年下城區的生活有多苦，愛德格是最富裕的公國沒錯，但同時也是平民被壓榨得最厲害的地方。貴族們以各種名義向我們收取各式各樣的稅項，就算我們的農作物收成再好又如何？卻依舊是有一餐沒一餐地生活著，美麗的少女被凌辱強搶，開罪貴族的平民被活活打死更是常有的事。」

說到這兒，那平民男子一改黯然的神情，雙目迸發出熾熱的光芒，道：「是四殿下改變這一切的，她剛上任便立下了不少有利民生的新規矩，只派出一名侍女便把所有反抗的勢力狠狠教訓了一頓，雷厲風行的手段，讓那些高高在上的貴族再也不敢說半句反對的話，他們甚至還流傳了一句話：『四殿下只要跺跺腳，布藍達城也會大地震！』」

聽到對方口中的「侍女」時，曾深受妮可怪力傷害的利馬，自然能夠聯想到那名「侍女」絕對是可以徒手一拳打穿石牆的妮可無疑。也許是這番話令他回想起悲哀的過去吧，利馬的神情立即變得很古怪，簡直就像吃飯時吃到蟑螂的表情……

至於身為故事裡的當事人，我卻感到深深的無奈。

什麼叫作「四殿下只要跺跺腳，布藍達城也會大地震」!?不是我要說，只是這位崇拜我的大哥，怎麼聽你的話反而比較像在形容一頭怪物多過一名公主。

要澄清一點，即使我跺腳跺得再大力，也不可能會引起地震的，若是小妮可的話也許倒還能跺出一個大洞。

盯住奈娜那有點慌亂的眸子，男子鏗鏘有力地說道：「在所有貴族都想從我們身上榨取利益時，四殿下沒有；在所有人都不把我們下城區的平民當人看的時候，四殿下沒有；她不單沒有欺壓我們，還盡她所能地幫忙，努力想要改善大家的困境。我們雖然是社會最底層的人，可是誰是眞心待我們的我們還是知道的，我們推崇四殿下，又有什麼不對？」

面對男子再次的詢問，一絲羞愧從眼底掠過，奈娜無法說出任何反駁的話。

把女子的羞愧盡收眼底，男子冰冷的表情放緩了些，冷冷哼了一聲後便不再說話了。

居民之中最年長的老者嘆了口氣，邊牽著少女的手，邊緩緩說道：「當王都傳來通緝四殿下的命令時，也帶來了新領主就任的消息。大家當然相信殿下是無辜的，可惜我們人微言輕，沒有爲殿下平反的能力。新領主剛上任，便立即廢除了四殿下所立的規矩，大家也是敢怒不敢言，誰教我們只是低下的平民呢？雖然生活變得困苦，但仍能勉強忍受，反正也只是回到殿下上任前的生活罷了。只是那位新領主實在太貪婪了，爲了一己私慾，竟然罔顧大家的死活，盯上了不能沾染的財寶。」

我掩嘴驚呼道：「史萊克礦洞！」

老人訝異地把視線投往我身上，道：「小兄弟也知道史萊克礦洞？」

這個擁有無比吸引力，同時卻有著高度危險的寶藏，我又怎會不清楚？在剛上任忙於整頓城內政務的同時，就曾派人仔細調查過這個含礦量極高的礦洞。

然而為免讓人對我的身分產生懷疑，我仍是裝出一副不太懂的樣子，道：「只是曾聽朋友說過，布藍達城好像有一座被高階魔獸霸佔的礦洞，也不知道是不是眞的。」

「高階魔獸！」利馬驚呼了聲，與多提亞對望了一眼，二人相顧駭然。

當魔獸進化至高階以後，不只力量大增，更擁有一定的智慧。史萊克礦洞至少住有兩頭高階魔獸，以城衛軍的實力根本就無法與之抗衡，要殺掉牠們就更是天方夜譚了。

以前就曾有貴族想要霸佔礦洞，而雇用大名鼎鼎的滅元傭兵團，在付出數百名傭兵的性命後，這才總算把居住在洞穴裡的魔獸驅逐，結果卻造成逃跑後的魔獸為了復仇而衝進民居大肆破壞的慘劇。這也是為什麼歷代布藍達城的領主即使再貪婪，也會立下嚴令，不許任何人沾染礦洞的原因。

卡萊爾滿臉凝重地詢問道：「新領主該不會……」

老人嘆了口氣，道：「是的。數天前，新領主趁著母獸正處於生產後的虛弱期，以及雄獸外出覓食的時候，派出城衛軍重創居住在礦洞的母獸。結果母獸被驅逐，兩頭出生不久的幼獸則是被新領主當作禮物，送給他的小女兒。」

我們的表情全都變得很古怪，道：「把高階魔獸當作寵物？」

老人幽幽地點點頭。

我按住發疼的額角，不禁呻吟了聲。那個新領主是腦殼進水了嗎？高階魔獸本就擁有接近人類的高度智慧，你們侵佔人家的家也罷了，還把幼獸拐回家當作寵物。身爲父母，兩頭魔獸不反擊也太對不起你們的挑釁了吧？

我完全可以想像得到，母獸與雄獸會合後，將會如何瘋狂地報復。

最讓人膽戰心驚的，就是領主的襲擊是在數天前，照理兩頭魔獸應該早就會合了才對，可是至今卻沒有傳來城鎮受襲的消息，也就是說兩頭魔獸正隱忍著，待重傷的母獸恢復戰力以後才進行恐怖的反擊！

最可悲的是，新領主還自以爲事情已經解決，更因時間的流逝而大大降低了應有的警戒心。

也許魔獸進行報復的時候，擁有城衛軍保護的領主能夠全身而退，可對這些平民來說，卻是九死一生的局面。

利馬喃喃自語道：「我也不知道該讚賞這名新領主勇敢，還是該說他做事太過輕率了。」

明瞭一切後，我伸手拉拉多提亞的衣袖，並筆直地凝視著那雙美麗的祖母綠眸子。

看著青年的雙瞳由否決變成動搖，再由動搖變成猶豫，最終無奈地朝我點了點頭，我這才如釋重負地吁了口氣，把一枚細小的徽章別在衣領上。

「事情大致上我都明白了，我們是創神傭兵團的團員，暫時沒有任務在身，請問你們想要聘用我們嗎？」

老人以充滿懷疑的視線掃視了我們一眼，道：「年輕人，那可是兩頭高階魔獸啊！不是我看不起你們，只是你們人數那麼少，而且又這麼年輕……」

然而老人的話尚未說罷，一名男子卻激動地打斷了老人話道：「創神？你們是那個傳說中最強的創神傭兵團的成員？」

我微笑著頷首。

其他聽過創神威名的人也同時激動不已，充滿希望的神情就像劃開黑暗的光芒般，取代了先前臉上的憂慮與恐懼。

然而很快地，狂喜的神情卻又變成了黯然。「誠如大家所見，我們的生活很貧苦，付不起高昂的金錢，很感謝你們的心意，可是還是不必了。」

我反手拍了拍利馬的胸口，笑道：「請放心，我們要求的只是免費的住宿以及伙食，雖然這傢伙的食量比較大，但大家應該負擔得起才對。」

男子瞪大雙目，無法置信地詢問道：「只是住宿與伙食？不收取金幣？」

我點點頭，隨即滿臉歉意地補充道：「是的，可惜我們仍有要事在身，並不能長期留守在城鎮中，若一星期以後魔獸仍未出現，那麼我們會把事情上報給團長知道，讓他派遣其他團員來接替我們。」

聽到我的安排，四周的平民全都激動得不知該說什麼才好，只懂得不停向我們道謝。

□

這些人的效率很高，很快地，便打理好一間空置的房子，讓我們能夠好好安頓下來。

待屋內只剩下我們九人時，我沉起了臉，鄭重地向奈娜說道：「我希望這是第一次，也是最後一次發生這種事，現在大家是伙伴，無論妳喜歡也好，討厭也罷，我們的命運已經相連在一起。我曾經在布藍達城居住了五年之久，在這裡我們必須更加小心謹慎才行，若妳再做出會惹人注目的事情，那麼我們只好與妳分道揚鑣了。」

女子的表情瞬間變得很複雜，既不甘心被我這個討厭的王族教訓，又對先前所引起的麻煩感到羞愧。最終仍是理智戰勝了情感，奈娜低聲道歉道：「這次的事情是我欠缺考慮，抱歉，這種失誤絕對不會再有下一次。」

女子眞誠的道歉令我對她的印象大為改觀，我可以看出奈娜的本性是很善良的，之所以一直針對我，與我的身分顯然有著重大的關係。

被人敵視的感覺真的很討厭，往後我們還要同行好一段時間，我不希望同伴之間有著一層心結。思量了一會兒，我仍是忍不住詢問：「奈娜，妳能告訴我一直敵視王族的原因嗎？」

我的詢問一出，奈娜的身體立即僵硬起來，語氣變得異常冰冷地說道：「這並不是妳管得著的事情。」

說罷，女子頭也不回地奪門而出。那種築起高高的圍牆來掩飾自身脆弱的態度令人心痛，我想要追上去，卻又怕再度刺激奈娜的情緒，只能把求助的眼神投至卡萊爾身上。

「諾曼，你去吧！」

接收到首領的指示，青年向卡萊爾微一頷首，便默默追了出去。

胸口就像卡了一根尖銳的刺似地，有種憋悶的刺痛感。我把頭埋在臂彎裡，悶聲說道：「我只是想把事情弄清楚而已，並沒有傷害奈娜的意思。」

「我知道。」多提亞嘆了口氣，隨即便感到頭髮傳來一陣輕柔舒服的觸感，這讓我失落的心情變得輕鬆了點。

「殿下，請再給奈娜一點時間吧！」卡萊爾輕聲說道，「我相信如果是殿下的話，奈娜總有一天會解開心結，並把事情的始末告訴殿下妳的。」

ch.4 再見妮可

經過昨天的不愉快，我與奈娜之間的氣氛變得很微妙，她不再像往常般老是對我冷嘲熱諷，取而代之的卻是生疏的冷淡。

在這種充滿壓抑的氣氛下，我反倒開始懷念起奈娜處處針對我的時光了。雖然很讓人生氣，可那時候我們仍有著一定的互動，不像現在淡漠得彷如陌生人。

進城的時候，我偷偷在城牆上刻下一個只有妮可看得懂的暗號，如無意外，今天便能與久違的妮可重逢。想到這點，失落的心情立即變得愉悅起來。

懷著滿心激動，推開餐館大門的我不動聲色地打量這間從未踏足過、屬於我名下的私人產業。

明亮、光潔是餐館給我的第一印象，陣陣食物的香氣在推門的瞬間撲鼻而來，令人不由自主地食指大動。

「您好，請問是八位對嗎？（克里斯此刻正處於隱身狀態中）」勤快的接待員有禮地詢問，可愛的笑容令人倍感親切。

我回答：「是九位。」

接待員眼中精光一閃，仍是笑咪咪地說道：「那麼多出來的一位是？」

「是從王都來的朋友，昨天賞梅時喝多了點，身體有點不適，也許晚點會過來吧？」

聽到我的話，接待員微微一笑，也沒有繼續詢問正值炎夏哪來賞梅之說，恭敬地頷首：「我明白了，幾位請。」

我與接待員的一番對話看似簡單，其實暗藏玄機。每一句對答都是我與妮可早就商議過的暗號，而且隨著不同的因素，答案也會略有不同。

早已從對答中得知我眞正身分的接待員，恭敬地把我們領至上層的包廂中，久違多時的妮可早已在房裡等候著。

就在接待員把門關上的瞬間，我再也忍不住內心的激動，歡呼著往侍女的方向跑去，一面叫道：「妮可！」

然而妮可冷著臉的一聲詢問，便令我前進的步伐硬生生地停頓下來。

「殿下，妳的頭髮是怎麼一回事？」

糟糕！我早就習慣那頭短髮，完全把這件事忘掉了！

在妮可的瞪視下我縮了縮身子，小聲說道：「呃……不小心削短了。」

少女挑了挑眉道：「不小心？」

我「蹬蹬蹬」地退至多提亞身後，確定了自身安全後，才以大無畏的精神閉上雙眼，一臉豁出去地說道：「妮可對不起！其實是我僞裝成傭兵時自己削短的！」

身後的奈娜這時不可思議地小聲驚呼道：「身爲公主，卻向自己的貼身侍女道歉？」

利馬回答的嗓音帶有濃濃的驕傲，道：「沒什麼好意外的，因爲是小維。」

此刻我緊張得要死，自然沒有心情理會這些閒聊著的路人甲。妮可最喜歡我那頭月色的淡金髮絲，總是花費無數精力悉心打理，現在這頭長髮卻被我毫不留戀地削短了，她一定很生氣吧？

出乎意料地，妮外並沒有想像中的暴跳如雷，也沒有一掌把我拍成肉泥，竟很大度地原諒了我的驚天大罪。

「算了，削短了也沒辦法。」

聽到妮可的話，我立即從多提亞背後露出臉，向妮可露出歉意又討好的微笑。

其實我早就知道妮可即使再暴力，也根本不會把我怎麼樣。然而知道歸知道，可憐卻還是要裝的，畢竟妮可即使不出手，暗暗生起氣來還是非常可怕的。

看到我的笑容，妮可冰冷的神情猶如初雪融化般說道：「殿下，這段時間讓您受苦了。」

妮可只是短短的一句話，便讓我再也無法掩飾這段時間所受的委屈。我離開多提亞背後，迎面便給予妮可一個大大的擁抱。

妮可自小便很少笑，總給人冷冰冰的感覺，可是在那冷漠的外表下，卻有一顆善良而熾熱的心。雖然嘴巴不說，可是我知道她對我的關懷與愛護，就如同這溫暖的擁抱般，總是讓我感到安心無比。

雖然只是分別了短短數月，但對於自小便形影不離的我們來說，卻已經是一段很漫長的時光了，自然有著滿肚子的話要傾訴。

如此一來，不知不覺便把大家都冷落了，還好眾人對此很諒解，加上又有滿桌子的精美佳餚，大家邊吃邊看著我們互道離別後的近況，場面倒不至於冷清。

「……因此這次冒險前來，就是想利用我們先前祕密研究的遠距離傳送陣，前往東方盡頭。」

聽著我說出這段時間的經歷，妮可的反應與凱特不謀而合，就是把我狠狠地罵了一頓。

想到凱特，我這才發現自己並沒有向妮可介紹這些新加入的同伴，這實在是太失禮了！

「凱特？」當我把注意力投放在青年身上時，卻發現凱特正以很古怪的表情定定地盯著妮可看，似乎努力想要確認一些東西似地。

聽到我詢問，青年雙眼仍舊眨也不眨地看著妮可，只以嘴巴應了聲：「嗯？」

凱特那無禮的視線令妮可不高興地冷起了一張臉，本就嚴謹的表情更加冷若冰霜。

若要說這世上最讓我害怕的人，絕對是眼前這名外表嬌小可愛、卻冰冷肅穆的小侍女莫屬。看到妮可的表情，我暗暗一驚，立即再喚了聲：「凱特！」

這一次，男子總算依依不捨地把視線從妮可身上移開，一臉完全狀況外的神情疑惑地看著我。

看到妮可那副不爽的表情，我本來想提醒凱特一下，可惜我還沒來得及開口，少女早已冷著一張臉，先一步走到了青年面前。

「我的臉上有什麼嗎？」

面對滿臉寒霜的妮可，凱特做出了一個讓所有人目瞪口呆的舉動。

「請成爲我的新娘吧！」忽然單膝跪下的青年，一把握住妮可的雙手，激動無比地……求婚！

「……」見面不到半小時便來個求婚宣言，他的臉皮實在厚得讓人不知道該下什麼評語。

就連妮可也愣了愣，隨即我膽戰心驚地看到妮可那張滿布寒霜的臉上，緩緩露出一個彷如春雪融化般的甜美笑容。

妮可本就長得嬌小可人，配以這清麗無比的笑容，更是惹人憐愛得很。只見凱特被少女的笑容攝去了整副心神，只曉得看著妮可的俏臉呆呆發怔……

「好機會！」在凱特的警戒降至最低的瞬間，妮可暴喝了聲，被青年輕輕握住的一雙小手猛然反手抓過去，隨即只見少女踏前一步、腰一轉，一個完美的過肩摔後，凱特便如同出弦的箭矢般，被妮可往外甩去！

最驚人的是，青年狠狠在牆壁上砸出一個人形大洞後，竟繼續往外飛，我甚至還聽到街道上路過小孩那「媽媽！有流星啊！」的天眞發言！

小妮可下手還眞的毫不留情耶……不過凱特的體魄也太好了吧？正常人摔在牆壁後便了事，他倒好，竟然直接把牆壁砸出一個大洞！

打量著眼前的人形大洞，夏爾驚惶地嚥了口口水，道：「凱特不會有事吧？」

妮可拍了拍雙手，又再度變回冷冰冰的表情，道：「死不了的。放心，我有好好計算過力道才出手，萬一他死了，牆壁的維修費用便無法追討回來了。」

「……」夏爾直接無言。

曾經被妮可「刺殺」，親眼目擊少女一拳把大理石牆打出一個大洞的利馬，則是雙手合十地往凱特飛去的方向拜了拜，滿臉的憐憫。

卡萊爾的反應最有趣。這名叛亂組織的首領把大半個身體從那人形大洞中探出，右手平放在額上，遮擋住正午的刺眼陽光，遙遙眺望道：「不知道他會不會飛越千里，領先一步直飛到東方去呢？」

第一次見識妮可怪力的奈娜與諾曼嚇得僵住了，驚異不定地打量著眼前這個長相可愛的人形凶器。

多提亞則是露出了招牌式的溫和笑容，只是嘴角勾起的弧度很有幸災樂禍之嫌：「我們邊吃東西邊等吧！我猜沒有一、兩個小時，凱特是無法回來的。」

我們全都心有戚戚地點了點頭。

結果凱特再次讓我們吃驚了，那傢伙竟然用不到半小時的時間便跑了回來。而且看著他的樣子：頭髮因衝擊而變得亂糟糟，衣服更是破破爛爛並且滿布灰塵，雖然看起來要說有多狼狽便有多狼狽，可是仔細看去，竟然沒有任何外傷。

如此詭異的狀況，卻讓我產生一種丈母娘看女婿，愈看愈喜歡的奇妙心情。

畢竟世上擁有如此驚人抗擊力的人可不多，至少凱特在妮可暴力下的存活率比常人高得多了，這如何讓我能不把生命力強如小強的凱特視爲良婿的最佳人選呢？至少以這種強悍的體魄，妮可要殺他並不容易啊！

要知道若妮可不小心把丈夫做掉，可是要當寡婦的！

雖說已經過去大半個小時，可是被妮可摔得漫天星斗的凱特仍未從衝擊中恢復過來，前進的步伐依舊帶著可見的踉蹌。然而，當青年茫然的視線觸及妮可那張冷冷的臉龐時，卻陡地一凜，突又氣勢磅礡地衝至少女面前。

「怎麼？想報仇嗎？」依舊安坐在椅子上動也不動的妮可，淡然地冷冷掃了對方一眼後，便自顧自地繼續吃著碟子上的餐點。

被少女如此無視，凱特雙手拍往餐桌上，從上而下俯視著完全忽略他的妮可咆哮道：「太完美了！我從沒接觸過如此擁有活力的雌性！在妳接受我的求偶，跟隨我回族中成為我的新娘前，我是無論如何也不會放棄的！」

眾人絕倒。

我雙眼一亮，這傢伙不止身體的抗擊力，就連心理素質也是一等一的好。按他的狀況，每天被妮可打上十次八次也絕對沒有問題啊！

實在是個太理想的沙包……不，太理想的丈夫候選人了！

妮可切著牛排的刀叉停頓了一下，隨即以光速擊出一記凌厲無比的左勾拳！

眾人面無表情地看著凱特穿越三層屋頂後，再度化為一顆劃過天際的流星消失不見。

餐館的維修費又增加一筆不小的數目了……

□

妮可的動作很快，又有著管理各種不同行業所獲得的強大人脈，以及豐厚的財力作背景，不出數天，啓動遠距離傳送陣所需的高階水晶，便一顆顆地來到我們眼前。

看著眼前那晶瑩剔透、每顆都以天價拍賣價格得來的七色水晶，卡萊爾感慨地嘆息道：「難怪殿下您會把傳送陣封印起來，這些晶石只怕每顆都有萬年了吧？」

我小心翼翼地把七顆不同顏色與屬性的晶石放回絨袋中，露出與卡萊爾相同的神情感慨道：「是的，遠距離傳送陣什麼都好，就是每次使用的消耗量太大了。要知道這些晶石需要萬年才能形成，用一顆便少一顆。」

一陣淡淡的銀光閃現，精靈克里斯那虛無縹緲的身影逐漸變得凝實道：「種族的繁榮很多時候所帶來的卻是自然界的萎靡，我們精靈族雖然被稱爲『森林之子』、『自然界的寵兒』，可是在保護自然界方面卻是如此無力。」

即使明知道克里斯的年紀當我的爺爺都足夠了，可是他這滿臉憂傷的神情，再配上小正太的長相，實在是我見猶憐，只讓人想要好好呵護。

不過仔細一想，精靈族是壽命最長的種族，克里斯的年紀在精靈族來說，的確只是名孩子。也因為精靈族與世隔絕地生活著的緣故，少年的心很純淨，就連心性也與十一、二歲的孩子無異。

忽然得出一個結論，原來精靈族除了生性孤癖以外，還是一個很晚熟的種族？

看克里斯如此難過，我不禁像對待孩子般拍拍他的頭，道：「放心吧！一切會好起來的。父王不是與精靈族簽訂不少維護自然界的條約嗎？大自然是很堅強的，只要擁有休養生息的機會，很快便會恢復過來。」

仰起頭，淡藍的眸子定定地看著我，隨即少年勾起嘴角，向我露出了一個短暫卻又美麗無比的清麗笑容。

我很喜歡克里斯的笑顏，他在笑的時候，那雙淡藍眸子總是滿載笑意，閃閃生輝，好看極了。

可惜他的笑容總是很短暫，一瞬間又會恢復成先前那淡漠的表情，總讓我惋惜不已。但也許正因爲這是種曇花一現的美麗，才讓人格外珍惜吧？

想了想，我把輕拍少年頭頂的手改成勾住他的肩膀，一副「好哥兒們」的模樣道：「克里斯，透露一下吧！凱特那傢伙是什麼種族的？」

根據我這幾天的觀察，凱特絕對不是人類這點是無庸置疑的了，只是若要研究他的種族嘛……無與倫比的抗擊力、令人煩厭的死纏爛打，以及那種開口閉口雌性、充滿原始感的行爲……基本上除了小強外，我實在想不出另一種能同時符合這數項條件的種族。

親暱的接觸，令精靈少年那過分白皙的臉龐浮起一片漂亮的紅暈，除了可愛得不得了之外，也令精靈族那種不食人間煙火的氣質頓時變得有人氣得多。

「我還以爲殿下不會詢問。」即使如此，克里斯的語調仍是保持著往常的淡漠，偏偏神情卻又透露出掩飾不住的侷促，尖尖的耳朵更是變得通紅，實在讓我更想捉弄他。

於是我故意把手臂收緊，果然少年不止耳尖，就連面頰也變得通紅起來。

「本來，同伴是什麼種族，對我來說也沒有什麼關係，只是他想要追求妮可，那就是另一回事了。我總有權利知道要娶我好姊妹的男人是什麼種族的吧？也好衡量一下妮可嫁過去的話，生活好不好？」

少年縮了縮身體，想要擺脫我的「魔爪」，可是玩得興起的我又怎會讓他如願以償？自然是暗自加重手臂力道，不讓對方有逃走的機會。

「小維。」多提亞突如其來的嗓音一如以往般溫和，然而對青年瞭如指掌的我還是聽出當中的不滿與警告。慌忙鬆開禁錮著精靈的手，我滿臉惋惜地看著克里斯慌慌張張地隱身不見了。

接過我手裡的晶石，多提亞微笑道：「『白色使者』無論在哪個種族，都是讓人尊敬的人物，妳別太欺侮人家了。」

說罷，多提亞便沒有再理會我，逕自把手裡那些重要的晶石小心地收藏於抽屜裡。

我委屈地應了聲。

看到我吃癟，利馬一手亂揉我的頭髮，一邊大剌剌地笑道：「怎麼？不高興了？」

悶悶地雙手托頭，我這次連阻撓利馬惡作劇的心情也沒有了。在同伴面前，我一向沒什麼保留，聽到利馬的詢問，我也不虛僞，很乾脆地便點頭承認下來，道：「是有點不是味兒。我只是開玩笑，沒有惡意的，可是多提亞的反應卻讓我覺得他關心克里斯比關心我更多似地。」

聽到我悶悶不樂的發言，利馬亂揉頭髮的手停頓了一下，忽然哈哈大笑起來。接觸到我生氣又疑惑的視線，利馬這才止住笑聲，然而說話的語氣卻仍是帶有滿滿的笑意，道：「多提亞並不是因爲不喜歡妳，就是因爲太喜歡，他才會阻止妳繼續戲弄克里斯。」

我疑惑地看著利馬。

這是猜謎嗎？完全聽不懂。

利馬意有所指地說道：「多提亞終究是個男人啊……妳就原諒他吧！小維。」

我似懂非懂地點點頭。無論如何，我還是很自私地希望自己在多提亞的心裡，能佔據著重要的位置。

□

「大人！大人！不好了！」

就在我們悠閒地閒話家常的時候，一名男子慌慌張張地敲打著大門，我們對望一眼，皆從對方眼神中看到了凝重的神色。

我們當然沒有忘記答應過這些平民的事，之所以暫住在這兒，除了為了準備驅動傳送陣所需的晶石外，便是等待魔獸來襲時好出一分力。

敲門的男子我們也算認識，正是當時圍堵奈娜的其中一人，現在看他慌亂的神情，似乎那兩頭魔獸終於忍不住動手了。

飛快拿起武器，並別上代表創神團員身分的小徽章，這讓剛衝進來的男子看得瞪大了雙目。

不用詢問我也知道他在驚訝什麼，創神的成員人數出名地稀少，當時展露出團徽的只有我一人，現在他必定在猜想創神的傭兵什麼時候變得如此不值錢，竟然一下子便給他們遇上五人了吧？

沒時間讓對方驚歎了，多提亞滿臉凝重地詢問：「現在是什麼狀況？」

男子連忙回答：「兩頭高階魔獸來了，城衛兵抵擋不住牠們，就把防線退至上城區，並以我們下城區的平民來轉移魔獸的注意力。有不少想逃進上城區的人都被城衛兵打傷了，他們更撂下狠話，再有平民妄圖衝過防線，下手將不再容情，殺無赦！」

「啪」地一聲，卻是奈娜洩忿地一劍把眼前的木桌一分爲二，只見自從城門一事後變得安靜下來的女子惡狠狠地罵道：「那些貴族果然全都不是好東西！」

我說妳罵歸罵，別一下子罵上全世界的貴族好嗎？我偷偷瞄了一眼嘴角再度掛上微笑的多提亞。

只見這名出身帝多家族的貴族子弟微笑道：「貴族當然不是東西，他們是人，雖然我也承認其中存在著不少害群之馬。」

多提亞一說，奈娜也醒悟到自己把在場部分人也罵進去了。猶豫了一下，她還是生硬地道歉：「抱歉，我是無心的。」

我暗暗點頭。自從上次爲大家帶來不少麻煩後，奈娜的態度明顯溫和許多，針對王族與貴族的敵意也收斂了不少。這是個好現象，至少說明女子還保有理智，也懂得從錯誤中記取教訓。

對話的同時，大家也沒有浪費時間，在這座城鎮居住了五年之久，我閉著眼睛也知道下城區廣場該怎麼走。在我的帶領下，兩頭巨大無比的魔獸頓時映入眾人眼簾。

牠們像是特大版的穿山甲，滿身金色的甲殼在陽光下金光閃閃，看起來防禦力不弱。也許是習慣了在暗處生活，使牠們擁有一雙大大的靈活眼睛，與笨重的身體形成強烈對比。也難怪那個腦殼進水的新領主會把幼獸抓回去給女兒當寵物，這些魔獸若是縮小數百倍，必定可愛得沒有女人與小孩能抗拒得了！

所幸魔獸身軀肥胖、四肢短小，速度既不快，也沒有特別強大的攻擊技能，只能以龐大的身軀衝撞與擊打。雖然下城區在兩頭魔獸的聯手攻擊下變得一片狼藉，然而民眾的傷勢大都是由於走避時誤中落石而造成的，暫時並未出現重傷或死亡的情況。

爲了掌控城裡的人流，上城區與下城區之間本就設有石造的關卡。此刻新領主把全城的城衛軍都集中防禦在關卡前，加上又有下城區的居民分散魔獸的注意力，上城區說是固若金湯也不爲過。

城牆上站滿不少特意前來看戲的富豪與貴族，在平民生死存於一線的時刻，這些人卻高高在上地站立於安穩的位置，看著平民驚惶失措的表情捧腹大笑。

實在令人火大得很！

目光一凜，我心裡已有了計較。

這些把別人的痛苦當作娛樂的混蛋，如果你們以爲站在城牆上便能安枕無憂，那就大錯特錯了！

「妮可，妳留在這兒等我。」

雖說妮可擁有一身怪力，可是當年她是作爲侍女，而不是作爲戰鬥人員被聘請的，因此於情於理，我並不希望把她拉扯進戰鬥中。

看到妮可聽話地停下奔跑的腳步，安下心來的我隨即把全副精神都放在眼前的魔獸身上，向著體型較大、位置比較接近城牆的雄獸全力衝去。

ch.5 高階魔獸

同一時間，以卡萊爾爲首的叛亂組織三人，已經纏上了體型較小的魔獸。仔細一看，魔獸身上仍帶有剛癒合的新疤，顯然牠正是居民口中那頭曾與城衛軍大戰一場、最終受創而逃的母獸。

掠過卡萊爾身邊時我猶豫了一下，最終還是拜託他，道：「可以的話別傷牠性命，把牠們趕跑就好。」

雖說把魔獸殺掉才是一勞永逸的方法，可是遠在人們發現洞穴含有金礦以前，那兒已經是魔獸的巢穴了。

眞要說的話，反而是把魔獸驅離家園，甚至還拐走人家孩子的人類才是邪惡的一方，又怎能責怪魔獸闖進城鎮搗亂的舉動呢？

現在首要的便是阻止牠們繼續破壞，並且把孩子還給人家，然後祈求這兩頭高階魔獸的智慧夠高，能夠以和談來收場吧！

卡萊爾等人顯然也不想向魔獸下殺手，因此我的請求很輕易地被眾人所接受。

在我說出這番爲魔獸求情的話時，一臉討好地留在妮可身邊的凱特露出驚愕的表情，神情複雜地往我這方看去。

懷疑地回望過去，凱特卻又若無其事地向我禮貌地笑了笑……也許是我多心了吧？畢竟以我們的距離，他應該聽不到我在說什麼才對。

我的疑惑一閃即逝，現在要注意的對象，應該是這兩頭正在暴走的魔獸才對！

雄獸的體型比母獸更為巨大，也遠比牠的伴侶有力氣得多。看到母獸被卡萊爾等三人圍攻，暴怒的雄獸頓時瘋狂地利用體型優勢橫衝直撞起來，一時間磚塊、石頭等建築碎片如雨般落下。機警地與戰場保持一段安全距離的夏爾見狀，立即在我們身上放出魔法護盾。

回首向夏爾讚許一笑，有魔法師支援的隊伍就是不同，這可不是戰力一加一等於二那麼簡單。

難怪魔法師這個行業入門的門檻那麼高，卻仍有無數人爭破頭想要入行。甚至只要能掛上「魔法」二字，即使只是名魔法學徒，身價也是水漲船高。

一名優秀的魔法師，在攻擊的同時還會適時為同伴防衛及干擾對手。夏爾在實戰方面雖然仍還有不少可以進步的空間，可是隨著旅程所增長的閱歷，少年無疑正在朝優秀魔法師的方向邁進。

有了夏爾的支援，我乾脆完全無視於飛濺而來的碎片。對於夏爾這個名義上是魔法學徒，實際上卻有著大魔導師實力的傢伙，我還是很有信心的，即使爲了同時保護我們而把魔力分成六等分，區區的碎石磚塊也絕對無法在這層防護盾上造成絲毫裂痕！

我的速度本就是眾人之最，加上身體輕盈靈活，幾個起落已率先落在雄獸背上，舉劍便往魔獸甲殼的縫隙刺下！

以劍身與魔獸體型上的差距，長劍顯然無法對雄獸造成太大的傷害，卻成功地徹底激怒了牠。畢竟有人騎上自己的背上拿出長劍胡亂斬砍，這絕對不是件愉快的事情。

雄獸瘋狂甩動著龐大的身軀想要把我甩下來，我卻死死抓住牠的甲殼，一副穩如泰山的樣子。怒不可遏的雄獸竟做出在場所有人都意想不到的反應——

那笨重無比、又短又胖的四肢竟然一屈一伸，在眾人目瞪口呆的注視下，原地跳個不停！

雄獸滑稽無比的反應，卻害想要上前支援我的多提亞與利馬一時間無法接近。

雖說夏爾的魔法盾能有效抵擋飛射而來的磚石，然而若被這猶如小山般巨大的魔獸一腳踏中，即使有魔法盾的保護，下場還是會淒慘無比。誰都不希望被踏成噁心的肉泥，因此在雄獸的踏腳舞停止以前，兩名騎士長還是很聰明地避其鋒芒，遠退至安全範圍觀望。

「小維，妳還眞是喜歡把場面弄得轟轟烈烈啊……」飛沙走石中，撤退時受到銀燕的警示，因而避過變成肉醬命運的利馬不忘向低飛的小海燕嘲諷了聲。可惜我只能與小海燕共享視點與聽覺，卻不能控制小海燕的臉部表情，不然我定必驅使銀海燕翻個大大的白眼過去。

有銀燕這個祕密武器在，被魔獸甩動得頭昏腦脹的我乾脆閉上眼，伏在牠的背上一動也不動。直至盤旋著的小海燕看到那抹我一直尋找著、泛起淡淡銀光的身影平安歸來後，我才猛然張開雙目，並且抓緊機會行動起來。

靈巧地在雄獸顚簸的背上奔跑著的我，很快地，便從背部移動至牠那巨大的頭顱上，挑釁地往雄獸的鼻梁踢了幾腳，這讓暴怒的雄獸甩動身體的動作變得更爲激烈，「踏腳舞」也頓時變成「搖頭舞」來。

雄獸滑稽的動作顯然取悅了城牆上的權貴，這些衣著奢華的男子樂得捧腹大笑。可是下一秒，他們大笑的神情卻凝在臉上，雙目露出赤裸裸的恐懼。

在我有心的引導下，雄獸的位置本就在不知不覺間與城牆愈靠愈近，結果拚命搖頭想把我甩下去的雄獸便很悲劇地一頭撞在高高的石牆上。

於是，城牆上的權貴也立即與雄獸一起悲劇了。

爲了能盡情觀賞平民的慘狀，他們本就站得較外圍，雄獸的滑稽動作更是把這些人引得爭先恐後地探出頭來，就怕漏看任何精彩細節。結果雄獸一發難，站在邊緣指手畫腳、哈哈大笑的權貴們，大半的人都往外掉了。

是的，我承認我是故意的，之所以刺激雄獸，就是想利用牠來攻擊城牆上的那些傢伙。

這些權貴的舉動已徹底激怒我，雖然我討厭殺戮，但也不代表會心慈手軟得任由他們存活下來繼續殘害百姓。現在我揹負著通緝犯這層身分，雖然無法光明正大地對付他們、治他們的罪，可是難道我就不能製造一場意外嗎？

看到牆上三分之二的權貴連慘叫都來不及發出，便直直往下掉，守護在他們旁邊的城衛軍雖然裝出一副慌張的樣子，然而雙眼卻無法掩飾地浮現起幸災樂禍的神色。某些士兵甚至特意放緩腳步或是裝作不夠氣力，任由那些勉強抓住城牆邊緣的權貴脫力掉下去。

對於城衛軍的舉動我並不覺得意外。這些士兵絕大部分都是平民出身，下城區說不定就是他們的家園，受到迫害的居民甚至有可能是他們的親人，試問眼看著親朋受到迫害、家園被破壞，自己還因職責所在被迫成爲新領主的幫凶，眾城衛軍的心裡又怎會好過？只怕恨都恨死這些權貴了。

現在正是落井下石的大好機會，他們又怎會不好好把握？要知道死掉一個把平民視爲螻蟻、以別人的痛苦爲樂的權貴，也許就能救數以百計的平民百姓。

何況他們又沒有動手殺人，只是對這些惡人見死不救罷了。

城衛軍的想法，倖存下來的權貴又怎會看不出來？只見驚魂未定的他們看著眾士兵的舉動，卻沒有任何人上前制止或出言點破。顯然這些高高在上的貴族們此時也醒悟到自己已觸犯眾怒了……

這是個階級觀念很重的年代，平民雖然因爲地位而不敢向貴族動手，然而只要有足夠的條件，想要取他們性命的人比比皆是，這讓那些權貴如何能不心驚？

要知道國土上數量最多的，就是這些他們視之爲螻蟻的平民啊！

看到倖存下來的權貴那驚懼的神情，我滿意地翹起了嘴角。早在雄獸把頭撞往石牆的時候，我便已先一步回到牠的背上，現在目的已經達到，我也沒有必要繼續賴在魔獸背上了。往緊張觀望著戰場的夏爾等人安撫性地一笑，攀住甲殼的手一鬆，我便輕巧地往地面躍去。

憑著鍛鍊過的武技，這種高度對我來說並不算什麼。然而，就在我著地的瞬間，一陣無力感忽然席捲全身。

這種感覺並不是受到外來的攻擊，卻是猶如重病以後的虛弱感般從體內傳來。突如其來的脫力，讓我著地的步伐頓時不穩，整個人狠狠摔倒在地上。

痛……痛死了！無法發出氣力不代表我連痛感也失去，摔倒在地上的我只覺得全身都在痛，也分辨不出到底傷到了什麼地方。

奇怪的無力感來得快、去得也快，不出數秒便已消失無蹤。只是因爲身上的傷勢，我一時之間仍是掙扎著站不起身。

「維！小心！」忍著痛楚努力想要站起的我，耳邊傳來多提亞聲嘶力竭的吼叫聲。隨即四周的光線忽然昏暗下來，我茫然地抬頭一看，只見雄獸正舉高那條又粗又壯的前肢，狠狠往我身上踏下來！

此刻要閃避已來不及，更何況一身是傷的我能不能動仍是個未知數。可是我卻沒有放棄希望。憑著默契與及對同伴的信任，我知道至少還有個活下來的機會。

就在雄獸把腳踩下去的瞬間，我身上的魔法盾瞬間消失。隨即，一個更為堅固、更為凝聚，由夏爾全力使出的加強版魔法盾把我牢牢地護在裡面。

震耳欲聾的響聲過後，魔法盾在雄獸的全力一擊下碎裂消散，卻也把魔獸的前肢反彈開來，成功挽救了我的小命。

在這重要時刻我也沒有閒著，雖然暫時無法站起，但動動手臂還是可以。在我拚命伸出手臂的同時，多提亞與利馬也趕到了！

多年來一起出生入死，兩人的默契真的好得沒話說，他們甚至不用交換眼神，並肩衝過來的二人便倏地兵分兩路。揮舞著長劍的利馬盡往雄獸身上的傷口下手，這傢伙本就臂力驚人，在皇家騎士團中更是以凌厲的攻擊馳名，所造成的傷害自然不是我剛才那半帶著玩鬧成分的攻擊可比。頓時把魔獸打得吼叫連連，猶如小山般的龐大身軀竟然被利馬逼得退了下去。

多提亞則是握住我伸出的手用力一拉，傷痕累累的我瞬間便落進青年懷裡。趁著利馬吸引魔獸的注意力，多提亞橫抱著我有驚無險地退到了安全位置。夏爾見狀，便立即把破碎後再度分散在我們三人身上的魔法盾消散，並凝聚一個加強版加持在利馬身上。

直至脫離了危險區，多提亞這才有閒裕來檢視我的傷勢。除了全身不少地方出現瘀傷、擦傷外，扭傷的腳踝更是腫起好大一片。我無奈地看著滿身的紫青，不禁驚歎這次傷勢雖然看起來很壯觀，可是竟沒有傷及筋骨，我還眞是好狗運啊……

呸呸呸！誰是狗！是好運氣才對……都怪女神大人經常如此比喻，害我不自覺地也跟著這樣想了。

「與其想這些有的沒的，妳還是安慰一下多提亞吧！他可是快要自責死了。」

女神大人一說，我這才察覺出身旁的人從脫險後便異常地安靜。

半臥在地上，上半身仍舊賴在多提亞懷裡的我輕輕仰起頭，迎上的卻是一雙充

滿自責的祖母綠眸子。

觸及我滿是擔憂的目光，單膝跪在地上的青年隨即緊緊把我抱在懷裡。修長的手臂小心翼翼地避開了我受傷的地方，並且控制著力道，沒有弄痛我。

對方那種緊張與關懷，讓我覺得很溫暖、很安心，而且還有滿滿說不出來的感動。

埋首在我的頸項間，青年溫熱的鼻息害我覺得癢癢的。親密的姿勢讓我有點尷尬，卻又捨不得出言打斷這難得的溫馨。

雖然多提亞最終什麼也沒說，可是我仍舊感受到他的歉疚與關心。

理性地告誡自己戰鬥仍未結束，多提亞很快地便鬆開了緊抱著我的力道，說道：「維，站得起來嗎？」

我點點頭。

說到治癒術，除了純光明屬性的祭師外，可沒有任何人強得過夏爾了（畢竟那是少年以可歌可泣的血淚史所換來的經驗值……）。

在夏爾的一番治療後，除了腳踝的扭傷仍需一點時間恢復，其他外傷竟全都被瞬間治好了。

現在的我，大跑大跳雖然做不到，可是站立起來，甚至小心一點的話，連慢跑都沒問題！

即使如此，多提亞還是像對待易碎品般小心翼翼地扶著我，這舉動令我無奈之餘卻又感到很溫暖。

「殿下！」此時，一聲令我深感不妙的呼叫聲從不遠處傳來，害我全身僵硬、心臟撲通撲通地亂跳，即使差點被魔獸一腳踏扁的時候也沒有這麼緊張。

與母獸戰鬥的卡萊爾等人，全神貫注地把注意力全數放在戰鬥上，並沒有注意到我剛才所遇到的危險。可是一直旁觀著戰況的妮可與凱特，卻是把一切看得清清楚楚。

此刻的妮可一改平常冷冰冰的模樣，怒不可遏地衝到我們面前。雖然明知令妮可勃然大怒的人並不是我，可是我還是下意識地縮到多提亞身後。

緊張地上下打量了我一遍，確定我沒有受到太大傷害後，妮可明顯地鬆了口氣。隨即少女怒氣沖沖地轉身，一頭便往正在對戰的利馬與雄獸衝去。

只見妮可一手抓住魔獸的前肢，隨即面無表情地將無論是體積還是重量都超過少女百倍的魔獸舉起。

舉起、砸下，舉起、再砸下！少女不停重複著這個充滿暴力的動作，嘴巴還唸唸有詞道：「誰讓你欺負殿下，誰讓你欺負殿下，誰讓你欺負殿下！」

驚天動地的震動以及如雷貫耳的響聲，隨著妮可的每一下攻擊而響徹全城。尤其在少女的嬌小與魔獸的龐大對比下，視覺上更出現驚人的恐怖效果。

一旁的母獸在目擊到伴侶的慘況後，就連逃跑也忘了，只下意識把身體盡量縮小，伏在原地顫抖不已。

其實母獸這種反應倒是明智之舉，畢竟以牠的身型，想要逃跑也跑不動吧？反倒是挨揍可能比較擅長……

卡萊爾等人也一時忘了早已失去戰鬥意志的母獸，全都目瞪口呆地看著妮可那只能以「暴力」二字來形容的可怕動作。

我驚恐地看著暴走的妮可，猶豫著是否應上前請求她留下魔獸的性命。可是那彷彿永無止境的重擊聲，卻大大打擊著我那微弱的勇氣，最終我還是不敢上前找她說話……

雄獸的下場只有看牠自己的運氣了，誰教牠竟然在妮可面前向我出手呢！

身為流有直系血統的王室成員，若沒有相應的力量自我保護，父王又怎會讓我離開王城、遷居遙遠的南方？除了我本身的劍術作為依仗外，自小一直跟隨在我身旁的侍女妮可，也是讓父王放心放行的絕大因素。

自小一起長大，妮可的忠心自不用說。而且這個小妮子的責任感特別重，總是把我的安全放在第一位。

以妮可的性格，要是有個萬一，我毫不懷疑她會用自己的身體擋在我面前，替我阻擋任何危險。這也是為什麼每次我去做些危險的事情時，都會選擇把這個充滿暴力……咳！是實力才對……充滿實力的忠心保鑣故意調離身邊。

現在我卻在她的眼皮底下面臨生命威脅，這教明明就是貼身侍女，卻總是以保護者自居的妮可如何能不暴怒？

妮可舉起又砸下的動作完全沒有因為時間的流逝而有所遲緩，她彷彿不知疲倦似地，保持著特定的節奏。終於，在眾人膽戰心驚的注視下，少女把手一放，早就被砸得滿天星斗的雄獸頓時「呯啪」一聲癱軟在地。要不是看到牠的肚子仍舊顯示出一上一下的呼吸起伏，我還眞不能確定這頭皮粗肉厚的大傢伙是不是仍然活著。

站得最靠近這一人一獸、同時也近距離感受到妮可暴怒威力的利馬騎士長，見狀呆呆詢問道：「累了？」

妮可拍了拍手，發洩過後的她又回復平常冷冰冰的樣子，道：「不停重複同一個動作，我膩了。」

「……」

這個時候不只是利馬，連我也不知道該說什麼才好……

妮可還眞是慓悍啊……眞擔心她這個樣子將來會嫁不出去！

一想到妮可的終身大事，我便不期然地向凱特的方向看過去。懷有同樣心思的人顯然不少，一時之間，從未投身戰鬥的青年頓時成爲焦點所在。

不看還沒什麼，一看過去還眞的被凱特給嚇了一跳。

青年眼睛一眨也不眨地直盯著妮可看，不只沒有顯露任何驚懼的神情，反倒是在看到妮可的「表演」後，整張臉立即亮了起來。

若說先前凱特看著妮可的眼神像是在看夢中情人，那麼此刻就像是仰視著天上的女神了！

……還眞是奇特的審美觀。

「殿下。」看到我的注意力已經完全偏離正事，隱身在旁的克里斯緩緩現身。精靈一雙纖細的手臂緊緊抱住兩頭小小的魔獸幼獸，牠們只有小狗般大小，若不是幼獸的外型活脫脫就是兩頭高階魔獸的縮小版，實在很難讓人相信龐大得如小山的魔獸，幼年期的體積竟然長得如此嬌小可愛。

幼獸的脖子上各套著一條粉紅色頸圈，凝神一看，頸圈的名牌上聚集了一些微細的魔法元素。幼獸神情萎靡地蜷縮在克里斯的臂彎裡，造成牠們軟弱無力的元凶似乎就是這些附在名牌上的魔法元素。

抱住兩頭幼獸的克里斯一現身，魔獸立即忘了身上的傷痛以及恐懼，陷入了瘋狂的狀態。

雄獸本被妮可連串的攻擊嚇得心膽俱裂，然而護子的天性還是戰勝了內心的恐懼，朝阻擋在身前的妮可咆哮了聲，魔獸巨大的前肢已往少女拍過去。

沒想到雄獸竟還有膽量反抗，妮可著實被那突如其來的咆哮聲嚇了一跳。少女反射性地想要反擊，然而下一秒那剛舉起的手卻又猶豫著停頓了下來。

我心中大急，自小與妮可一起長大的我自然明白對方心裡所想。

妮可是名生活在下城區的孤兒，對於親情，少女一直以來都是非常渴望，雄獸對子女的愛觸動到妮可內心最柔軟的地方，竟讓她不忍繼續向魔獸暴力相待。

可是戰鬥中又怎能對敵人產生任何同情與不忍？不願意傷害對方，並不代表敵人也不忍出手啊！

眼看雄獸的前掌就要抽打在妮可身上，一直站在旁邊沒有出手、讓人看不出其實力深淺的凱特忽然衝上前，擋在妮可與魔獸之間。就在我們猜測著這名神祕青年到底會如何應付魔獸的攻擊時，凱特接下來的舉動卻出乎所有人的預料。

衝至妮可身前的凱特，並沒有做出任何攻擊或是防禦的動作，只見男子發出一陣不像人類的咆哮聲，瞬間令人戰慄的威壓便從凱特身上漫捲開來。

仔細一看，青年的瞳孔竟收縮成線，看起來簡直就是雙屬於野獸的眸子！

魔獸對妮可的攻擊顯然令凱特動怒了，光是威壓，便讓兩頭高階魔獸徹底屈服，立即停下了攻擊的動作，更低下頭顱，驚惶地伏在地上，連看也不敢看凱特一眼。

魔獸這種顯現出內心驚惶的連串舉動，雖然與妮可當初暴打牠一頓後的反應看起來大同小異，然而那時候魔獸的雙瞳除了恐懼以外，更透露著不甘、屈辱以及仇恨等情緒。

不過，被凱特鎮壓時，魔獸雖然表現出同樣的恐懼，可是更多的卻是對高高在上的上位者表現出來的敬畏與臣服。似乎凱特只要使用威壓，便能讓高階魔獸折服了。

我驚異地盯著凱特猛瞧，難道這傢伙其實是獸族？似乎只有同爲野獸的血統，而且是野獸中高貴無比的血統，才能讓高階魔獸心甘情願地不戰而降。

替妮可解除危機後，凱特收起了生人勿近的恐怖威壓，隨即邀功似地回首向妮可露出討好的笑容。可惜妮可壓根兒就不理他，看也不看青年一眼，便逕自回到我的身旁。

不得不說，凱特實在有著打不死的小強精神。即使妮可當眾令他難堪，青年也只是雙眼閃過一陣充滿興味的精光，隨即若無其事地向妮可憨厚一笑。

數天下來，我還眞的開始看好這傢伙了。不是曾有個情場老手說過，追求女性最重要的就是臉皮要夠厚嗎？凱特在這方面顯然很有天賦，把死纏爛打的分寸拿捏得很好。也許他最後眞的能夠打動妮可、抱得美人歸也說不定。

兩頭高階魔獸此刻就像是乖巧的小兔子般完全不敢造次，只能哀求地看著被克里斯抱在懷裡的幼獸們，發出陣陣聞者心酸的悲鳴。

妮可看得難過，忍不住拉了拉我的衣袖，小聲說道：「殿下，就把孩子還給牠們吧！」

隨即少女轉向一旁的凱特道：「你也別再嚇唬牠們了。」

一直對凱特不理不睬的妮可難得主動與他說話，他整張臉立即亮了起來，自然忙不迭地答應。

我看著凱特的反應暗暗點頭。

這個人也許隱瞞了很多事，可是他對妮可的心意無疑是很眞摯的。

克里斯手一揚，我的眼力也只能看見魔法元素略微震動了一下，少年便已輕描淡寫地把幼獸脖子上的頸圈順利除了下來。

限制魔獸力量的頸圈一脫下，兩頭小獸立即變得精神奕奕，也不待克里斯把牠們放回地上，幼獸便已迫不及待地自行往地面躍下，喜悅地跑往父母身旁。

「你們先退進森林裡生活一段時間，不要再找人類的麻煩了。」凱特說到這裡頓了頓，目光充滿深意地看了我一眼後，才接著說道：「至於你們原本的家園……我相信不久以後自會有人替你們處理好。」

……他說的「人」，該不會是指我吧？

「難道妳不打算幫忙嗎？」女神大人揶揄道。

「……」好吧！我的確早就決定把一切事情了結後，便把礦洞還給魔獸一家，只是自己的想法被凱特輕易猜出，實在有種不爽的感覺。

高階魔獸即使口不能言，可是卻已擁有基本的靈智，我並不驚訝牠們聽得懂凱特的話。

而令我感到震撼的，卻是兩頭魔獸竟然就這麼輕易地相信了青年的話，對凱特的話完全沒有異議。

牠們屈曲前肢，就像人類面對上位者般，異常恭敬地向青年行了一禮，隨即便領著一雙幼獸離去。

這景象讓看得我們掉了一地的眼珠子，根本就不知道該做出什麼反應才好。

「這有什麼好驚訝的？本來你們預期的，不就是要獲得這種結果嗎？」女神大人輕柔地反問。

的確，除了我心血來潮地引誘魔獸攻擊城牆上的權貴，以及妮可那可怕的大暴走外，事情的走向基本上都順著我們的預期發展。當初我們的計畫是：擊敗魔獸、救出牠們的子女，隨即半懷柔半要脅地讓牠們暫時避居於森林中。此刻獲得的結果，也算是把計畫完美實行的體現了吧？

並不是我對結果有任何不滿，可是魔獸們也未免答應得太輕易了！

眾人顯然都懷著相同的感想與感慨，看向凱特的視線頓時變得複雜起來。

青年卻對我們那充滿探究意味的視線視若無睹，只是朝妮可討好地眨了眨眼睛。那憨厚的笑容實在無害得很，讓我們無法把這看似老實單純的英俊青年，與剛才以氣勢鎮壓魔獸，並且對其頤指氣使的人聯想在一塊兒。

ch.6 偽裝商隊

這場由貪婪人類所引發的高階魔獸浩劫，足足把下城區四分之一的面積整個砸成了廢墟。所幸襲擊城鎮的魔獸體型龐大，加上速度緩慢，讓居民有充裕的時間撤離，並沒有造成人命的傷亡。

即使如此，滿目瘡痍的城鎮還是讓下城區的居民悲痛不已。他們的生活本就清貧，魔獸的破壞對他們來說無疑是雪上加霜。

四周隨處可見痛失家園的居民邊哭泣邊清理著地上頹門敗瓦的情境，低落的氣氛感染著眾人的情緒，讓我也不禁難過了起來，成功驅逐魔獸帶來的喜悅心情也因而大減。

看到我悶悶不樂的樣子，多提亞溫柔地揉了揉我的短髮：「維，高興一點，我們保住了所有平民的性命，妳應該對此感到自豪。雖然現在的妳無法以公主的權力來幫助這些居民什麼，可是我相信不用憑藉王室的背景與力量，妳還是有辦法把金錢與物資交到有需要的人手上，不是嗎？」

我抬頭看著多提亞溫暖的笑容，心裡那種悶悶的感覺很神奇地消散了不少。

在眾人之中，多提亞並不算最強悍的，然而卻絕對是最有威望的人，就連卡萊爾也不時會諮詢青年的意見，與他實力相若的利馬就更不用說，自小就被多提亞吃得死死的。

多提亞總是笑得溫和，平常很少會主動提出決策，默默守在大家身旁。然而偶爾提出來的意見，卻往往讓人無法忽視，面面俱到且給人一種很可靠的安心感。

聽到多提亞的話，我立即如夢初醒般霍地轉身，滿臉期盼地盯著妮可看。

妮可冰冷的臉上泛現出淡淡的笑意，道：「重建下城區的資金我會安排的，相信很快便會送至災民手裡。」

回以妮可一個感激的笑容，安心地吁了口氣的我，從未如此慶幸自己閒極無聊時投資了眾多產業。心情放鬆後，視線不期然地對上了奈娜那雙偷偷打量著我的眸子，只見女子深邃的眼神在對上我的視線後，顯露出略帶慌亂的情緒，隨即不自然地假咳了聲，有點心虛地收回視線。

沒有人喜歡被人敵視，我當然也不例外，因此自同行至今我對奈娜的態度雖算不上惡劣，也說得上是生疏冷淡了。

莞爾地看著女子慌亂的神情，竟首次覺得奈娜這種不加掩飾、敢愛敢恨的率直性格其實還滿可愛的——當然，這是建立在對方不針對我的時候。

□

解決了魔獸的威脅，早就集齊了傳送陣所需晶石的我們便不再停留，來到當年設立傳送陣的密室中。

價值連城的七色水晶分別佔據了七星傳送陣上的七個角落，雖然已經不是第一次使用，可是每次使用這個傳送陣還是讓我覺得太奢侈。

在場除了我與妮可外，所有人都是首次目擊這種以七星型來吸納魔力的傳送陣法，只能站在一旁乾看著我們忙碌地布置著晶石的陣列。

「可以了，大家集中站在七芒星的正中位置，然後夏爾向傳送陣輸入一點魔力，激活晶石的力量就可以了。」我拍了拍手說道。使用傳送陣的方法其實挺簡單，只可惜代價實在太昂貴了。

根據傳送陣運行的理論，愈是接近傳送陣的中心位置，傳送時便愈是穩定。因此眾男士都很有紳士風度地讓我、妮可以及奈娜三位女士站在正中位置，同時年紀最輕、又老是冒冒失失的夏爾也被視爲「受保護動物」，被安排進我們「女子組」裡。

反而外貌比夏爾還要嫩一點，可實際年齡卻是爺爺級的克里斯，卻主動要求站在邊緣位置。原因是因爲精靈族與魔法元素有著很高的親和力，若傳送途中出現意外，精靈相比人類擁有著更大的生存優勢。

出乎眾人預料，一直很少主動參與策劃的凱特也提出與克里斯相同的要求，卻又不肯解釋原因。

青年的堅持讓多提亞爲難起來，也不知道該不該讓凱特冒險才對。

凱特與我們同行也有一段日子了，唯一一次目擊青年出手，就是在對方替妮可擋下高階魔獸的攻擊時。然而所謂的「出手」，也只是釋放出可怕的威壓而已，誰也不知道凱特的眞正實力到底如何。

就在多提亞舉棋不定之際，克里斯淡淡的一句「隨他喜歡吧！」便讓這個提案輕易通過。無論精靈少年的理由是什麼，「白色使者」的話終究還是很讓人信服的。克里斯既然這麼說，那麼凱特就必定有所依仗。

□

傳送的過程很順利，七色晶石在夏爾輸入魔力的瞬間光芒大漲，眾人全都受不了晶石發出的烈光而閉上雙眼。

傳送過程中沒有感受到任何離心力或不適，當強光散去，再次張開眼睛的時候，我們已經身處距東方盡頭的城鎮亞伯拉罕不遠的一處沙漠裡。

不得不讚歎一聲，這個由我投資所研究的傳送陣實在太成功了，至少比珍珠那種每次都把人折騰得沒了半條人命的傳送陣成功得多！

傳送成功後，我立即四處張望，在確定所有同伴一個不少地安全傳送過來時，這才暗暗吁了口氣，露出欣喜的笑容。

「維，這兒是？」美麗的祖母綠眸子仔細打量著四周，可是我並沒有錯過在傳送完畢時，剛張開眼睛的多提亞首先尋找的正是我的身影。雖然青年對此並沒有自覺，純粹是下意識的行為，可這種幾乎可說是本能的舉動，卻總是讓我感動。

回答多提亞的詢問，我把疑惑的視線投放在妮可身上。

看到我一臉茫然的神情，妮可無奈地嘆了口氣，隨即解釋道：「這房間是由石壁上的風化洞穴改建而成，當初我們尋找傳送陣的理想位置時，就是看上這個洞穴的入口很隱蔽，而且距離日出之鎮亞伯拉罕只有一天的路程。」

在眾人頷首示意了解的同時，我也恍然大悟地跟著點頭。

妮可不禁翻了記白眼過來道：「殿下，您好歹也關心一下自己名下資產的動向吧？有關傳送點的位置，我不是早在半年前已編寫了一份詳盡的報告，交至您手上了嗎？」

我訕訕地笑了笑，這真的不能怪我啊！畢竟每項投資都只是圖個好玩而已，又不是真的要靠它賺錢養家。何況有妮可這名比管家還要可靠的全能侍女在，我還有什麼事情需要費心的？

自然就是當甩手掌櫃囉！然後繼續過著每天吃飯、闖禍、睡覺、被妮可罵的悠閒人生。

大概也對我這個甩手掌櫃的性格已經很習慣了（又或是哀莫大於心死？），雖然看出我很厚臉皮地完全沒有悔過之心，但妮可也只是瞪了我一眼，並沒有浪費力氣向我進行苦口婆心的催眠……呃……訓話才對。

這名從小與我一起長大的少女，顯然對我的性格瞭如指掌。要說服我乖乖坐下來看報告，絕對是既浪費時間又浪費口水，這種任重而道遠的艱苦任務，艱苦得妮可都不想再繼續了。

稍微整理堆放在七星陣邊緣的貨物，這些隨同我們一起傳送過來的物品，有香料、布匹以及小型玻璃工藝品，盡是一些充滿南方風情的小東西。

順道傳送貨物過來的這個想法是多提亞提出的。仔細一想，我們也不得不讚歎騎士長那面面俱到的細膩心思，僞裝成商人的確可以減少很多不必要的麻煩，同時也能成爲進城的絕佳理由。

至於商隊的證明就更不用擔憂了，日出之鎮亞伯拉罕是查理斯家族的根，有著這個商場家族作後台，又怎會連一張小小的商隊證也弄不到手？

當初試驗長距離傳送時，決定把傳送點設定在東方，除了因爲這裡距離布藍達城最遠，能夠以最大限度來測試傳送陣的優劣外，我們也有著另一方面的私心——就是想要利用這個傳送陣打開東方的市場。

只可惜由於傳送陣的成本過於高昂，這個計畫最終被擱置了起來。

現在看著這些充滿南方風情、在東方即使有錢也難以買得到的精品，我不禁暗自嘀咕，這次的東方之旅也許在尋找晨曦結晶的同時，還能發一筆橫財吧？

由於先前是以遠方貿易爲目標，因此我們選擇了馬車作爲試驗傳送的物件，雖然事隔數年，存放在馬車裡的布匹已經因泛黃而無法使用，可是馬車卻結實依舊，雖然在這空置的洞穴放了數年，但由於作爲材料的都是好木頭，倒是沒有發霉腐朽等問題，只要掃走上面的灰塵便可以使用。

以當時妮可的說法，就是反正也要拿些東西傳過去做試驗，那當然是選擇一些將來行商時用得上的東西，結果現在還眞的幫上了大忙。

當然，沒有馬匹的話這輛馬車還是派不上用場，而妮可厲害的地方就在於……她這次除了準備貨物外，竟然還購買了兩匹駿馬一起傳送過來！

不愧爲替我掌控各項產業的幕後黑手，妮可那種未雨綢繆的商業手腕就是高明，果然強將手下無弱兵，本公主我眞是太英明了！

萬事俱備，我們把貨物一一放到馬車上，很快地，一隊隨身帶有查理斯家族文件憑證的小商隊就此成立了。

既然裝扮成商隊，眾人的身分也需要隨之做出更改，總不能商隊中有傭兵、有魔法師、有侍女，就是沒有商人的存在吧。

結果手中掌握最多資金的我，被直接任命爲商人一號，也就是這隊小商隊的主人維斯特少爺。

妮可的身分沒變，只是由「公主的侍女」變成「少爺的侍女」而已。

至於凱特這個閒人則是換上一套傭兵服，與多提亞等人裝扮成護送商人的傭兵團。不得不說凱特本就長得英俊，加上高大的身材，活脫脫是天生的衣架子，穿上輕甲後更顯得精神奕奕、俊朗非凡，就連一直對青年有點排斥的妮可也一時間看呆了。

精靈少年克里斯則最乾脆，幽靈模式一發動，便立即失去影蹤……很好，完全沒有他的事情了。

說到夏爾時，我們考慮了一會，還是決定讓少年脫下法袍，以商人的弟弟——夏爾少爺的身分示人。畢竟一個只有九人的小商隊，竟然隨行有魔法師護送，即使那名魔法師還只是個魔法學徒，也仍是過於奢侈與惹眼了。

偏偏夏爾那副瘦小身形又無法偽裝成傭兵。至於下人？哪裡會有僱主聘用這種沒事就把自己摔個滿身瘀青的下人？而且裝成下人就不能使用晶石療傷，如此一來實在令人質疑夏爾能不能保住小命，安然離開亞伯拉罕。

這時利馬不知起了什麼興頭，興沖沖地對夏爾說道：「夏爾你聽著，你現在的身分是我們的小少爺，收起你這副弱小模樣，可別給我露出破綻！記住我接下來所設定的背景：你本是一個大家族的繼承人，可惜受到叔父的迫害，身負殺父之仇的你只能逃至遙遠的東方營商。在這兒結識了心愛的女子，然而最後才發現對方竟然是叔父養在外面的私生女，在愛與恨之間苦苦掙扎的你，最終只能眼睜睜地看著得知真相的愛人在你面前自刎而死……」

夏爾少爺高潮迭起的一生進行到這裡，便被迎面飛來的劍鞘、石頭、鞋子等等雜物所打斷。

「這到底是什麼年代的故事？老土得讓我想吐。」奈娜很不給面子地做了個嘔吐的動作。

至於其他同伴……隱身了的克里斯看不見表情，諾曼與凱特雖然沒說什麼，但是看著利馬的眼神卻變得很怪異。

相比其他人的反應，卡萊爾則是相對婉轉得多了。「呃……利馬，我想這個設定複雜了點，還是簡單就好。」

妮可則是很不客氣地質疑道：「這個設定很爛耶！精蟲上腦，所以腦袋終於爛掉了嗎？」

喂……妮可，這些話妳從哪裡學來的？

多提亞的笑容依舊優雅，可是說出來的話卻是眾人之中最狠的。「以後請不要自稱爲皇家騎士，也別告訴別人你認識我。」

我卻覺得他們說的這些都不是重點。

「夏爾是家族繼承人的話，那我這個哥哥到哪兒去了？」我問道。

就連夏爾也弱弱地反對道：「我可不可以不要？爲什麼我的設定要那麼淒慘？

那根本就是命中帶衰吧？」

即使受到所有人的抨擊，可是利馬那顆熾熱的心卻沒有因此而熄滅，道：「不喜歡這個的話沒關係，我還有另一個版本。夏爾少爺其實是個亡國王子……」

還亡國王子喔？利馬你到底知不知道我們之所以僞裝成商隊，就是因爲不想引人注意！

在沒有任何懸念下，利馬的第二個提案也被眾人斷然否決。結果夏爾還是飾演他的小少爺，卻沒有利馬所設定的驚人身世，從被叔父逼害的貴族（以及亡國王子？），變成了一個略懂魔法的商家小少爺。

本來本著盡量低調的原則，應該讓夏爾完全把他的魔法天賦隱藏起來才對，可是若真的不許他在人前使用魔法療傷，夏爾也許就再也看不見明天的太陽了！

□

決定了大家所飾演的角色，把馬車擦拭一遍、裝上貨物以後，一行九人的小商隊（隱身的克里斯不算）便浩浩蕩蕩地離開傳送點所在的洞穴。

然而出發不到半小時，我們便發現在沙漠中使用馬車實在不是一個好主意。柔軟的沙地令馬匹無法著力，沙子更經常卡在車輪的縫隙中，加上炎熱的氣候與猛烈的陽光，讓性格本就浮躁的利馬及奈娜幾近抓狂。

看了看手中的地圖，妮可提議道：「這個區域暗藏流沙，還是繞點遠路走商道吧！正好我們現在是商隊的身分，走商道也比較合適。」

大家欣然接受妮可的建議，然而走了大半天，眼看商道在望，行程卻因一場意外而受阻。

利馬洩氣地抓了抓一頭凌亂的紅髮，道：「我說小維……妳最近果然是流年不利吧？」

爲什麼現場這麼多人不說，卻偏偏要指名道姓說我倒楣？利馬你這個烏鴉嘴！

「因爲在這麼多人之中，明顯就是妳在走霉運嘛！又是被通緝又是被冤枉的，說不定眞的是妳在帶衰呢！」女神大人幸災樂禍地說道。

此刻我們距離商道只有數步之遙，偏偏另一隊商隊卻有數輛馬車陷進流沙裡，現場混亂得雞飛狗跳，頓時阻礙住大家的去路，殃及了我們這條跟在後面的小魚兒。

所謂的流沙，在陷進去以前看起來就是普通得再普通不過的沙地，是沙漠中最常見的天然陷阱。

如果不是這隊商隊先一步出了意外，深陷流沙之中的人便會是我們了。這麼說起來，其實我也不是那麼帶衰嘛！至少還不及這隊商隊那麼倒楣！

眼前這隊商隊人數足有百多人，單是馬車便有數十輛之多。我們這隊只有九人的小商隊在他們面前實在是螢火與日月之爭，渺小得可憐。

還好對方發現得早，並沒有造成人員傷亡，可是救人容易，救馬車的難度卻高得多了。偏偏這隊商隊的馬車數量眾多，雖說流沙下陷的速度不快，然而車輪陷進流沙以後便進退不得，只能依靠人力把馬車拉走。

眼看這隊商隊至少有一半的馬車被困，救援結束也不知道要等到何年何月……

「殿……少爺，要幫忙嗎？」妮可差點兒便把「殿下」二字喊了出來，卻及時醒悟，機伶地轉換了稱呼。

看了看這些滿臉愁容的商人與護衛，相見也是緣分，能幫忙的話便幫一下吧！更何況，被他們阻塞住，我們根本就無法前進，烈日當空，我可沒興趣站在這兒曬日光浴。

我點了點頭，環視了眾人一眼，欽點出心目中的苦力人選，道：「妮可、夏爾、利馬……還有凱特。」

除了糾纏妮可這個特定動作，一直在團隊中對所有事情不聞不問、活像個路人甲的凱特，驚訝地反指著自己問道：「我？」

看到青年一臉不願，我淡淡說了一句：「這可是你在妮可面前表現的大好機會啊！」

一句話，便令在烈日曝曬下變得懶洋洋的凱特精神一振，就像換個人般躍躍欲試起來。

「少爺，需要我們幫忙嗎？」飛快融入角色的卡萊爾，一聲「少爺」說得非常順口，反倒是被他如此稱呼的我有點不習慣。

「不用了，你們好好看守馬車上的貨物吧！」

聽到我點名夏爾，自從離開布藍達城以後便很少與我說話，變得很安靜的奈娜忽然開口說道：「小少爺的身體不適合體力勞動，我可以代替他出手。」

有點訝異地看向一旁的奈娜，也許是首次如此心平氣和地與我說話的緣故，女子顯得有點尷尬。一向表現得相當剛強、打扮頗為男性化的她，甚至左顧右盼地沒有迎向我的視線，一連串的小動作竟透露出一絲女人味，滿可愛的。

現在我已經有點捉摸到奈娜的性格了，強硬、護短、快意恩仇，比男性更不拘小節。初接觸時難免令人難以接受，加上她對我的敵意更是令人大大反感。然而從她為了袒護並不相熟的夏爾，因而願意主動向我請求出手的舉動可以看出，女子的本性還是很善良，不失為一個值得結交的人。

聽出奈娜話裡的意思，我不禁好笑地解釋道：「我不會要夏爾當苦力的啦！即使我想乘機使喚他，那副瘦小身形也幫不上忙吧？」

被我的解釋弄得一愣，一旁的卡萊爾則是微微皺起眉，道：「少爺是想要依仗小少爺的魔法嗎？可是夏爾少爺也只是略懂一些初級魔法而已，只怕效果不大。」

卡萊爾不愧為卡萊爾，如此婉轉地提醒著我們別做得太超過，一番話說得很有

技巧，聽起來完全沒有任何突兀的地方，就像尋常的部下與僱主在閒話家常而已。

拉著馬匹往後退的多提亞正好聽到我們的對話，只見青年爾雅地輕聲笑道：

「請放心，少爺會懂分寸的。」

多提亞顯然比我有說服力得多了，雖然不知道我在盤算著什麼，可是卡萊爾等人聞言後，卻很乾脆地向我點了點頭示意，便跟隨著多提亞退到一旁。

ch.7

流沙

「這位老闆你好，請問有什麼我們能幫忙的嗎？」環視了一眼亂哄哄的商隊，我走到一名其貌不揚、頂著個大肚腩的胖子面前，微笑著打了聲招呼。

胖子驚異地打量我片刻，這才抹了抹滿頭的大汗，苦笑道：「唉！明明亞伯拉罕已在眼前，想不到卻出現這種意外。平常我們都是走商道的，這次爲了趕路才抄捷徑，想不到第一次走便出意外了，只能算是我們運氣不好了吧？」

「啊！失禮了，還沒自我介紹，我是商隊的老闆米高。」互相介紹一番後，米高忍不住詢問：「有一點我很好奇，胖子我自問很低調，而且在商隊裡所站的位置也很邊，無論是樣貌還是衣著都樸素得很，沒有一點兒富商的影子，小兄弟你怎麼會一找便找上我了呢？怎麼看比我更像老闆的大有人在啊！」

的確，單看衣著與氣質，誰也猜不到這個中年胖子就是眼前大商隊的頭領。聽米高說得有趣，毫不在意地拿自己的外觀來舉例，我不禁莞爾一笑道：「我也只是猜猜而已，想不到卻被我矇對了呢！」

這是老實話，自小我便對「強者」有著很強的直覺，拜這能力所賜，我總是結交上許多奇奇怪怪的人。想當初第一次遇上卡萊爾等人，就是因爲這種特殊的天賦。

當然所謂的「強者」不止是武藝上的，而是指在各方領域上有傑出成就的人，這個胖子無疑正是其一。

雖然我說的是實話，米高卻顯然認爲這只是我的推搪之詞。然而身爲商人的，都是八面玲瓏之輩，雖然心存疑惑，卻很識趣地沒有追問下去。

就在大家言談甚歡之際，忽傳來一陣驚呼，卻是數名站在流沙邊緣的護衛失足跌進流沙，還好他們的同伴及時拋出繩索，才讓這些護衛免於失陷流沙的命運。

一切都在瞬間發生，在大家反應過來的時候，危機已經解除了，這讓眾人的心情大起大落，一下子提了起來，卻又在下一秒安心地吁了口氣。

抹了抹額角的冷汗，此刻胖子額上的汗已不是熱出來，而是被嚇出來的。

「其實以我們的人數，也不至於耽擱那麼久，只是這些流沙實在太危險了，護衛們都不敢站得太靠邊，另一方面還要保持馬車的平衡，以免裡頭的貨物傾倒進流沙裡。」

說罷，胖子的視線不經意地掃過我們那些相比之下顯得纖瘦嬌小的護衛，很委婉地婉拒，道：「小兄弟的心意我們心領了，可是剛才的狀況你也看見了，這並不是單單付出勞動的粗活那麼簡單，稍有不慎輕則受傷，重則可是會鬧出人命的。」

雖然知道米高是出於一番好意，可是我卻沒有依言退卻，反而道：「呵呵！反正都過來了，你就讓我們試試吧！」

再次懷疑地看了看我們，胖子顯然不相信我們幾人能有多少作為。但看到我堅持也不再多費唇舌，招呼其中一輛馬車的護衛散開後，便向我們做出「請」的手勢。

數名正嘗試拯救馬車的護衛依言散開，此舉吸引了四周眾人的注意。除了仍在與流沙角力的護衛外，其他閒暇的商人立即聚集在我們四周看熱鬧。從眾人戲謔的眼神來看，顯然並不看好我們。

圍觀的人絕大部分都把視線投至凱特身上，在他們看來，幾個人之中也只有凱特比較有看頭，因此全都猜測他會是第一個出手的人。

然而，出乎眾人預料，第一個有動作的人卻是我。

不理會眾人目光，我逕自繞著流沙打轉，並仔細觀察著陷進流沙的車輪狀況。

令觀眾們大失所望的是，觀察過後我卻沒有做出任何動作，只是一言不發地往回走。

沙粒不停地被捲進流沙裡，柔軟且不知會何時失陷的流沙邊緣，讓人很難站在上面發力。小心翼翼地保持平衡，我發現在這種狀態下活動會讓力氣流失得很快，所需的體力竟是平常的數倍！

親身試驗過後，我才明白自己還是有些看輕這流沙了。不過我卻不擔心接下來的行動是否會成功，畢竟我的這些同伴都不是正常人啊……

考慮片刻後，我伸出手指虛點了幾個位置，道：「夏爾，你試試能不能讓這幾個地方的流沙停止流動？」

其實以夏爾的實力，只要使出一個小小的中階魔法，便能讓整個流沙變成靜止的沙土。然而，我們都沒忘記少年此刻的身分是「稍微懂一點魔法的商家少爺」，因此只好把這個簡單快捷的解決方法扼殺在腦海之中。

看到我所指示的位置並不是失陷的馬車，而是一些什麼都沒有的地方上，圍觀的眾人全都露出不解的神情。

倒是夏爾對我的要求沒有絲毫詢問，爽快地拿出一顆晶石，並裝模作樣地唸出一段長長的咒文。隨即流動的流沙隨著少年的動作而緩緩靜止，變得像鋼鐵般堅硬，形成一個穩固的立足點。

「妮可。」沒有多作解釋，憑藉長年累月培養出來的默契，我相信妮可已猜測出我心裡所想。少女也沒有令我失望，向我頷首示意後，便毫不猶豫地往變得堅硬的沙土上踏去。

米高喃喃自語道：「原來是想要製造出通往馬車的立足點嗎……在雙腿沒有陷於流沙的狀況下，的確能夠節省不少氣力，可是他喚這個小女孩上前想要做什麼？」

踩著夏爾用魔法製造的立足點前進，妮可最終安安穩穩地站立在馬車右側。這個位置是我特地選擇的，根據車輪陷入流沙的角度，此刻少女所站的地方是最佳的發力點。

在眾人疑惑的注視下，妮可輕描淡寫地雙手一抬，陷在流沙裡的馬車瞬間便被少女高舉在頭上！

「嘶！」一時之間，現場只剩下旁觀者震驚得倒抽一口氣的聲音。

無視於眾人一臉活見鬼的神情，妮可若無其事地把手一甩，十多名大漢也無法將其拉扯起來的馬車，立即被少女從流沙中拯救出來了！

相比胖子等人的震驚，卡萊爾他們的神情雖然也透露出掩不住的驚異，卻鎮定得多了。畢竟有過布藍達城的先例，妮可連那頭巨大得如小山般的魔獸也能面不改色地舉起又砸下，只要回想妮可當時的凶暴舉動，便會覺得區區一輛馬車對她來說實在是不夠看。

妮可表演著徒手拋馬車的同時，我與夏爾也沒有閒著，在另一輛被困馬車的四周如法炮製了數個立足點後，隨即便把視線投放至凱特身上。

對於凱特的出手我是滿期待的，雖然摸不透青年的實力，可是我覺得他的表現並不會比身具怪力的妮可遜色多少。

然而，我還是太小看他了。就在我想著這些無關緊要的事情時，凱特已經滿臉輕鬆地把馬車舉了起來，整個過程甚至比妮可還要快上幾分。

察覺到妮可的視線，凱特立即討好般地朝少女笑了笑，可惜換來的卻是個大大的白眼。

很快地，胖子等人終於也從震驚的狀態中恢復過來，先前被震撼得死寂般的氣氛，此刻像炸開了鍋般吵鬧，每個人都在興奮地討論著妮可與凱特的怪力，看向兩人的眼神也充滿了敬畏。

在我們四人的合作下，十多輛馬車立時便脫困了。夏爾更是好人做到底，用魔法在流沙上造出一條堅固的車道，讓大家節省繞道的時間。

「眞是太謝謝你們了！請問各位的目的地也是亞伯拉罕嗎？要不我們一起走吧，彼此間也有個照應。」

聽到胖子熱情的邀請，我不禁暗暗好笑，離亞伯拉罕只有一天的路程，還能發生什麼事？商道不比這些鮮少有商隊行走的捷徑那麼危險，總不會那麼倒楣再遇上一次流沙事件吧？

多年的行商經驗，米高早已是個人精了，又怎會看不出我的不以爲然？只見胖子嘿嘿笑道：「剛才自我介紹時忘了說，我們是查里斯家族轄下的商隊，跟著我們的話，進城門時可是免稅的喔！而且同樣身爲商人，小兄弟你也知道這種距離城鎮不近不遠、城衛軍無法即時救援的距離，其實才是最會招惹強盜光顧的地段吧？」

「抱歉，我是個假商人，因此你說的事我還真的是一點兒也不知道。」好險！這句眞心話來到嘴邊，我差點兒便不小心說了出來。

暗暗好笑之餘卻又有點無奈，結果到最後，原來米高是查理斯家族的人！算起來也算是半個自己人。

聽他的語氣，先前所說的「照應」，顯然是怕我們這隊人數少得可憐的商隊，在強盜的手上吃虧，想要同行進城好照顧一下我們。

雖然我方整體實力不知道是胖子商隊的多少倍，可是對方的心意還是讓我很感動。正所謂無奸不成商，見利忘義的商人見得多了，胖子這種懂得投桃報李的就更顯得可貴。

何況常年周遊列國的胖子見多識廣，雖然其貌不揚，可是性格豪爽健談，圓滑的交際手腕也讓人心生好感。因此，我們對同行這個提議並不反對，畢竟裝扮成商人也是爲了混淆視聽，與這隊貨眞價實的商隊同行魚目混珠，才是僞裝的王道啊！

於是對於胖子的提議，我們全體一致決定答允下來。

不得不說，這實在是個很英明的決定。

沙漠的環境比我以往曾去過的地方都惡劣得多，雖然早已有著吃苦的覺悟，也對此做出一定程度的事前準備了，可是準備的時間還是太倉促了點，當獨行俠哪比得上現在隨同大商隊前進，吃香喝辣那麼舒服？

光是那些經過風乾處理的羊腿，便已不是我們攜帶的乾糧所能比得上的了。

唯一的美中不足，就是胖子在路途中不時抓住我大談商經。要不是妮可經常在我耳邊嘮叨投資的發展狀況，以及「無意間」向胖子透露出我只是名剛出來歷練、還未接掌家族生意的少爺，我這個假商人的身分必定早就露出馬腳。

然而，隨之而來的副作用，卻是胖子開始轉而大談他這些年來的營商經驗。雖然知道對方是出於好意，這放在任何一個初出茅廬的商場菜鳥身上，是盼也盼不到的好事情，偏偏對我這個假商人來說，卻只是可怕的催眠魔音。

最氣人的，便是那位本來職業爲貼身侍女，卻被我這個甩手掌櫃硬生生逼迫成商業奇才的妮可，在看到我的慘況後，竟露出一副幸災樂禍的神情……只差沒有舉臂高呼「殿下，這是報應啊！」。

除了見識到眞正商人的口才外，這段爲期只有短短一天的路程中，我更是充分了解到「汗如雨下」的眞義。

這個我一直以爲是屬於「誇張法」範圍的詞彙，其實很眞實地反映了現實狀況啊！

眞的，看著胖子的衣服濕漉漉地貼在身上，從髮尖滴下來的汗水更是從未停過，我實在很訝異在這種恐怖的出汗量下，胖子爲什麼仍能活蹦亂跳，沒有脫水暈倒。

「也許這些不是汗。」就在我趁著休息空檔，偷偷打量著胖子不停用毛巾抹汗的動作，並對此驚訝不已之際，女神大人忽然蹦出了一句話。

早已習慣女神大人突如其來出現的舉動，對此我並沒有很驚訝。我喝著水，在心裡好奇地詢問：「不是汗的話會是什麼？」

「也許是從體內蒸出來的油。」

嘴巴裡的水「噗」地噴了出來，隨即被清水嗆了一下的我，更是痛苦地咳嗽起來。

我說女神大人，妳用著這麼認眞的語調，卻說出如此驚悚的廢話眞的沒關係嗎？請敬業一點，保持月之女神那溫柔慈悲的高貴形象，謝謝！

雖然明知這是廢話，可是當我再次往胖子身上看過去的時候，也不知道是不是心理作用，總覺得胖子濕漉漉的臉上泛起一陣油光……

掃了掃手臂上的雞皮疙瘩，正要撤回的目光卻在不經意間掃過一縷金光，於是我再度把視線移回胖子身上。

「米高，那是什麼？」我指了指胖子頸上的紅繩。

聽到我的詢問，胖子賣關子地笑道：「呵，是好東西呢！」

說罷，便慢條斯理地把繫在紅繩上的小瓶子從衣服裡拉出。

胖子一動，身上的肥肉立即波濤洶湧地動了起來，震盪出一陣又一陣的波紋，令我歎爲觀止。

紅繩被抽出來的瞬間，一道燦爛無比的金光展現在我面前，金色的光芒彷彿帶有溫度，竟讓我產生一種看到了日出的錯覺。

繩子的末端繫著一個只有指頭般大小、晶瑩剔透的玻璃瓶，瓶裡盛著一些金光燦爛的細小金沙，在陽光下閃閃生輝，煞是好看。

這些金沙彷如陽光的化身，比我以前所看過的任何黃金都漂亮奪目。當一種顏色純粹到極致時，就是一種驚人的美，一時間所有人全都被這瓶小小的金沙所吸引，久久無法移開視線。

「好美！這是？」

聽到我的驚呼，胖子露出驕傲的神情，彷彿被稱讚的不是這些金沙，而是他兒子似地說道：「這可是胖子我的第一桶金啊！在加入查理斯家族以前，我是因為無意間發現了一座金礦，才成為買賣金器的自由商人。那座金礦的礦藏雖然少，可是不知道為什麼開採出來的黃金卻異常美麗，讓我賺取了足足可以買下一個小國的金額呢！」

我贊同地點點頭，就連出身王室、見慣奢華的我也對這瓶金沙感到驚艷，可以想像那些貴族與富豪會如何狂熱地追捧這些美得出奇的黃金。

如此燦爛的金色，無論是用來打造首飾還是擺設，一轉手便是數百紫晶幣的收入，拿來自用也能增加自家的格調，只要擁有足夠的財力，沒有人能抵抗這種誘惑的。若不是胖子說這些黃金他早就在好幾年前全數售罄，只留下這瓶金沙作紀念，我也想收購一點來供自己賞玩呢！

□

最終，胖子所擔心的強盜並沒有出現。短短一天的路程過後，日出之鎮亞伯拉罕便出現在眾人面前。

愈是接近城鎮，商道上也漸漸開始出現形形色色的商隊，此時胖子便展露出他那卓越的交際手腕，在打招呼時，竟能喚出絕大部分商人的名字。而看那些商人的熱絡態度，顯然胖子的人緣很不錯，到處都可以聽見商人與胖子打招呼的聲音。

「小兄弟，你們不是說想要購買數頭駱馬嗎？向你介紹，這老頭叫迪琳，擁有亞伯拉罕最大的駱馬牧場，我與他也是老朋友了，可以打八折給你。」

我打量著被胖子拉過來的老頭，這名老商人長得又高又瘦，還留有一道長長的鬍子，與胖子站在一起，一胖一瘦相映成趣，讓我不由得輕笑出來。

我向胖子點了點頭示意感謝，這才轉向迪琳道：「那就先謝過了。不過我們並不會在亞伯拉罕停留太長的時間，如果可以，能否行個方便，讓我們改為租借駱馬數天呢？」

迪琳愕然地反問：「租借？也不是不可以，只是駱馬耐熱耐勞耐渴，你們在回程的時候也會用得著的。雖然我自認不是什麼大慈善家，可是你們是胖子介紹的人，我敢保證開出的價格已經是最優惠，放眼整個亞伯拉罕也找不出哪間牧場的價錢會比我更低。」

看到老人的面色有點難看，我不明所以地眨眨眼，此時頭上傳來一陣輕柔的觸感，不用回頭察看，也知道是多提亞看不過眼，上前為我解圍了。

「請別誤會，我家少爺絕對沒有壓價的意思，我們是真的只需要租借數天，希望這位老先生能夠諒解。」

「你是護衛？」老人驚異地上下打量著多提亞，有點不相信眼前充滿高貴爾雅氣質的青年，竟是名護送商隊的護衛。

對於老人的疑問，多提亞只是高雅地微微一笑，並一言不發地把「創神」團徽別到衣領上。這無聲的動作頓時令老人對多提亞的身分疑慮盡消，打量青年的視線只剩下滿滿的好奇與敬仰。

我不禁好笑地勾起了嘴角，傳說中的創神傭兵團團徽眞是太好用了！絕對是用來矇混過關、轉移焦點的不二之選！

聽到多提亞的解釋，先前一直茫然以對的我，這才醒悟原來老人是誤會我想要壓價了。我慌忙搖首說道：「我當然信得過迪琳你開出來的價格，即使信不過你，難道我還信不過米高嗎？我是眞的有事，帶著駱馬不方便，這才想要改爲租借數天。」

這番話，在解釋的同時也順道捧了捧米高，令二人的神色頓時好了不少，對我的態度也再度熱絡起來，並且沒有再堅持有關售賣駱馬的事情了。

進城以後我租借了五頭駱馬，迪琳依約打了個八折給我。我們亦很灑脫地留下足以購買這些駱馬的金幣當作抵押金，可說是皆大歡喜了。

我們只在這個充滿特色的城鎮休息了一晚，第二天一早，便馬不停蹄地往東方的盡頭前進。

ch.8

晨曦結晶

日出之鎮亞伯拉罕是一座很美麗，且充滿異國風情的城鎮。

東方的氣候乾燥炎熱，鎮內的房屋全都以白色為主調，遠遠看去便是一片白茫茫的景致，給人一種簡潔亮麗的感覺。

建築的設計以方形為主，厚重的建材讓房屋能夠安然度過狂暴的沙塵暴。為了遮擋猛烈的陽光，居民全都身披白色斗篷，然而斗篷內的衣飾卻是異常花俏，色彩斑斕的染布以及繡著吉祥圖騰的金絲，充分顯現東方衣飾的特點。最有趣的是不止女性，就連男性的衣服也同樣鮮艷，若不是他們在外出時全都披上斗篷，滿街的行人還真的會讓人眼花撩亂呢！

在我們前往牧場挑選駱馬的同時，妮可便興致勃勃地指使凱特把貨物帶至市集。少女把時間抓得很準，當我們挑選好駱馬時，她便再度出現，看她那春風滿面的神情，以及變得空空如也的馬車，便知道在這短短的一小時裡，妮可已把帶來的貨物全部售罄，而且顯然獲利不少。

傳說，大陸是由星辰殞落後的碎片所幻化而成，看起來是在天空之下的陸地，相傳其實是懸空飄浮在空中的，只是生活在大地上的我們察覺不到罷了。

無論是東方的沙漠、南方的原野、西方的海洋，以及北方的冰原，盡頭都是一片無盡的虛無，只有無邊無際的藍空往外延伸。曾有不少種族嘗試尋找盡頭以外是否有新的大陸，可惜最終都是無功而返。

亞伯拉罕鎮本就坐落在極東之地，加上有了適應沙漠氣候的駱馬代步，我們只花了短短一小時的時間便來到了傳說中的盡頭之地。

雖然對於盡頭之地的故事早就耳熟能詳，但這是我第一次親眼感受到這個東方盡頭的神祕與絕艷。

遼闊無邊的沙漠就在眼前硬生生地消失，黃沙邊緣外竟是一片明媚的天空，給人一種彷彿把天地都踏在腳下的震撼感。

被眼前這難得一見的美景所吸引，不知不覺我便離邊緣愈走愈近，忽然間感到手臂一緊，卻是被多提亞拉至身邊。

只見青年皺起了眉，略帶凝重地責備道：「別走得太近邊緣，盡頭以外的地方並不是幻覺，是眞正的天空，萬一失足，可是會致命的。」

想到最近老是意外連連的命運，我立即打了個冷顫，往下看去根本就見不到底，萬一眞的跌下去，絕對是屍骨無存的下場！

既害怕可是又想看，歪頭想了想，我便反手牽上身後的多提亞。青年的手很溫暖，總是能給予我安心的感覺。

「我想走向前一點看看，你牽穩我喔！」

美麗的祖母綠眸子訝異地眨了眨，隨即多提亞寵溺地微笑道：「可以，但還是別走得太近。」

回以多提亞一個燦爛的笑容，有了靠山的我小心翼翼地往邊緣探頭看去。

忽然，一陣無力感充斥全身。

這種感覺我並不陌生，先前在布藍達城對戰高階魔獸的時候，我就是因爲這突如其來的不適而差點命喪在魔獸的腳下。

這一次的無力感同樣來得全沒先兆，甚至隨之而來還附帶一種讓人喘不過氣的窒息感。

此刻我的神志是清醒的，可是身體卻完全不聽使喚，痛苦地喘息著，全身無力的我軟軟地便往腳下的虛空倒去。

「維！」在我軟倒的瞬間，多提亞慌張地呼喚著我的名字，然而無法喘息的我卻只能痛苦地吸氣，無法發出任何聲音來回應他。

緊緊牽住我的手往後一拉，隨即多提亞的另一隻手已圈在我的腰間，穩穩把我帶離險境。即使在痛苦不已的狀況下，我還是被這險死還生的經歷嚇出一身冷汗，要不是多提亞有先見之明，此刻的我大概正在體驗著盡頭之地距離地面到底有多遠的旅途中吧？

確認我的人身安全後，多提亞隨即了解到剛才的意外並不止是失足那麼簡單，小心翼翼地把我平放在沙地上，青年拉開覆蓋在我身上的白色斗篷，嘗試讓我的呼吸變得順暢一點。

「小維，妳怎麼了嗎？」爲了保持我四周的空氣流通，大家都不敢靠得太近，我模糊的視線只看到數個依稀的影子，耳邊傳來夏爾帶著哭腔的焦慮叫聲，還有其他人憂慮地討論著的聲音。

「讓開一點，讓我來。」克里斯那無論何時何地總是淡然無比的嗓音，此刻也染上一絲緊張與焦慮。少年的話語一出，圍住我的人影便立即讓出一條道路。隨即半跪在地上的克里斯輕柔地扶起我，讓我的上半身靠在他身上後，便以不可違抗的語調說道：「殿下，請喝下去！」

感到臉上傳來濕潤的感覺，幾滴溫熱的液體滴落在我的嘴角與面頰上。出於信任，我毫不猶豫地張開嘴把它喝下，卻在嚐到滿嘴的鐵鏽味後猛地睜大雙眼，隨即更掙扎了起來。

「那是……血！克里斯你在幹什麼？」這一掙扎，我才發現力氣竟隨著吞下了少年的血液而略微恢復，令人痛苦的窒息感也消散不少，短短時間裡，我竟可以再度開口說話了。

很快地，除了氣力與呼吸，原本模糊的視覺也因克里斯的血液而漸漸恢復。凝神一看，果然，剛才被我喝進嘴裡的正是克里斯的鮮血，精靈的血液看起來與人類沒什麼差別，鮮紅色調在少年那比女性更爲白皙的肌膚襯托下，顯得怵目驚心。

雖然視覺上看不出與人類的血液有何分別，然而嚐過這鮮血味道的我卻驚訝地發現，精靈的血液竟然沒有鮮血應有的腥臭，淡淡的鐵鏽味中甚至還有一絲清新的青草氣息。

胸口傳來一陣奇異的溫暖感，一股神奇的力量受到少年的鮮血所激發，正散發著不可思議的生命力來護住我的心脈，讓我能夠順利地把精靈血液裡的力量安穩地接收下來。

「根據我的猜測，殿下您的狀況應是血脈覺醒的先兆，可惜覺醒血脈的儀式必須在精靈森林才能安全進行，因此只能暫時依靠我提供的血液來壓抑這次的覺醒。」即使手腕傷口依舊流著鮮血，可是克里斯卻連眉頭也不皺一下，依舊保持著白色使者應有的淡定。

即使我現在仍很不舒服，也不得不說一句：「看人家克里斯多敬業！女神大人，請您別偶爾突然出來客串三姑六婆好嗎？本公主心臟很弱，受不得嚇的。」

「不好。」

「……」

剛才的掙扎倒不是因爲覺得噁心，而是在看不清楚的狀況下擔心克里斯的傷勢。後來視力逐漸恢復，看見少年手腕的傷口很整齊，只要一個低階治癒術便能復元如初，對克里斯的好意便不再推辭，反正傷口都已經造成了，這些鮮血不喝白不喝，我可不想白白浪費了對方的心意。

克里斯的血液簡直比任何特效藥還有效，很快地，那令人討厭的不適感便盡數散去，我立即又變得生龍活虎起來。

不用夏爾出手，克里斯瞬間便調動魔法元素治好傷口。待少年的傷口完好如初後，我這才擔憂地詢問道：「克里斯，你所說的血脈覺醒到底是怎麼一回事？」

眨了眨一雙清澈的淡藍眸子，精靈少年那柔和卻淡漠的嗓音中，難得出現了激動的情緒。

「精靈族順應母樹的祝福而生，每名成年的精靈族人都須舉行一個血脈覺醒的儀式。本來精靈族直至二百五十歲才稱得上成年，也許由於殿下的血統更近於人類的關係，因此時間便被大大推前了吧？我們已經很多很多年沒有出現過新生的族人了，要是大家得知殿下的血脈有覺醒跡象的話，必定會很高興的。」

聞言我不禁眨了眨眼，若眞的如克里斯所說，體內的精靈血脈要等到二百五十歲才覺醒，那時候我應該早進棺材了吧？

「維她……會與你們一樣擁有漫長的壽命嗎？」多提亞突如其來的詢問，才讓我想起人類與精靈族在壽命上擁有大的差異，立即緊張地等待著少年的答案。

克里斯若有所思地看了看多提亞，這才把視線移至我身上。

「正如我先前所說，殿下的血統更趨近於人類，因此殿下擁有兩個選擇：第一，可以選擇在血脈覺醒的儀式上喝下生命之泉的泉水，那麼殿下便能夠成爲一名眞正的精靈。」

「第二，就是控制著在血脈覺醒一半以後停止儀式，如此一來殿下便等同於捨棄了精靈族的壽命、魔法天賦以及靈敏的五感。壽命也許會比普通人類長壽一點，但也只是一點點而已。」

「……你所謂的『一點點』，大概是多少年？」有鑑於與精靈族對壽命有著不同的認知，我謹愼地小心求證。

如果少年口中的「一點點」其實是三、四百年，那麼我捨棄精靈族的力量，硬是停止儀式也沒有意義了。

克里斯想了想道：「我也不太肯定，大約是妳本來壽命再增添十分之一左右吧！」

十分之一嗎？也就是說，若我本來能活到八十歲，那麼便能多活八歲……

「**也許妳活不到二十歲便英年早逝呢！**」女神大人提出很狗屎的意見，礙於祂是神、我是人，為免被別人說我大逆不道，我只能含淚裝作什麼也聽不到。

看向一旁的同伴，思緒隨著克里斯的話而起伏不定。

也就是說，只要我願意，我便可以擁有千年的漫長壽命，以及精靈族強大的能力。會像克里斯一樣，在很長的一段時光中保持著年輕的外貌……而身旁的人類朋友卻會慢慢老去……

雙手彷彿仍殘留著多提亞先前牽著我那溫暖的溫度，我的心裡已下了決定。

「我選擇第二種。就如同克里斯你所說的，我是以人類之子的身分誕生，並且在人類的國度長大，因此我希望能夠繼續以人類的身分生活及終老。」

克里斯微微一笑，那很短暫的笑容總是給我驚艷的感覺。

「無數人類都想要獲得精靈族的長壽，偏偏殿下您卻放棄了這唾手可得的壽命，實在讓我有點意外。」

「因爲她是卡洛琳的孩子啊！」女神大人如此笑道。

的確，母親大人不也放棄了神明的永生，選擇轉生成精靈族嗎？果然有這樣子的傻母親，就有我這種傻女兒，這也是遺傳吧？

若母親依舊是名高高在上的神祇，那麼她便不會遇上父王，也不會有著與伊里亞德並肩作戰的機會。有得必有失，而我相信，母后以神明的身分所換來的東西，絕對是比永生更爲珍貴無比的寶物。

就像我的選擇一樣，絕不後悔！

聽到我的選擇，素來穩重、擅長把所有情緒隱藏在微笑背後的多提亞，竟然當眾如釋重負地吁了口氣，立即便引來利馬似笑非笑的戲謔神情。

尷尬地假咳了聲，多提亞擔憂地皺起了眉，道：「現在維的身體……」

克里斯淡淡說道：「依靠我的血液並不是長久之計，而且血脈若遲遲未能覺醒，發作時將會變得愈來愈嚴重。」說罷，少年轉而看向我說道：「生命之樹的樹葉請殿下務必不要離身，它能夠賦予殿下生命力，並且舒緩血脈覺醒所帶來的痛苦。」

我這才想起胸口位置有一片晶瑩剔透、彷彿水晶雕琢而成的翠綠葉子正安放在口袋裡。

這片樹葉是在叛亂組織偷襲軍隊，我與克里斯分離時，少年藏進我禮服腰帶裡的小東西。後來換上傭兵服後，便順道把它與雪蓮的花瓣放在一起，往後發生了不少事，我便把這片樹葉忘掉了。

我嘆息了聲，道：「似乎收集到『晨曦結晶』後，我是免不了要至精靈森林走一趟了。」

對於精靈森林這個母后的「娘家」，我其實早就想去看看了。只是現在的狀況分秒必爭，若不是血脈正好在這緊張的時刻覺醒，我本來打算等事情都平息後，才到森林拜訪。

就在這時，夏爾有點怯懦地舉起手，詢問了一個大家意想不到的問題。

「其實我先前就想問了，你們所說的『晨曦結晶』應該是像魔法晶石那樣的水晶，對吧？可是四周只有岩石與沙子，完全看不見任何像結晶的東西啊！」

眾人倏地沒了聲響。

忽然變得凝重的氣氛讓夏爾縮了縮腦袋，道：「呃……我說錯了什麼嗎？」

卡萊爾向少年露出安撫的笑容，道：「不，夏爾，你提出了一個好問題，我們只顧著如何前往東方，倒還眞的沒思考過這個問題呢！」

「沒想過也沒關係啦！反正是小維說要過來的，她自然知道那結晶長什麼樣子吧？」利馬無心的一句話，直接把我推下萬丈深淵。

利馬，我知道你是無心的，但還是請你閉嘴吧！

隨著騎士長的話，眾人全都不約而同地向我投以期待的眼光，這讓我冷汗直流，開始思量著如果如實回答說「不知道」，被圍毆的可能性到底有多少。

「這個問題，妳不會完全沒有詢問過珍珠吧？」奈娜充滿懷疑地看著我，雖說銳氣已經有所收斂的女子，這次並沒有針對性地說出任何令我難堪的話，但已足夠讓我想找個洞鑽進去了。

不只外觀，就連珍珠所說的「晨曦結晶」到底是不是晶石我也不清楚，明明就是我把大家千里迢迢帶來東方的……實在是太失敗了！

「盡頭之地裡看不見水晶是正常的，殿下所說的『晨曦結晶』本就不是你們想像的晶石，自然不存在上述問題。」克里斯面無表情說出的話除了令大家鬆了一口氣之餘，還讓眾人汗顏不已。

敢情大家什麼都不知道，就興沖沖地往東方衝了……

「既然不是水晶，那麼它是什麼樣子？」被大家看得心虛，我連忙轉移話題。

「是金色的金屬體，傳說那是陽光的化身，擁有最爲純粹的金色光芒，看起來有點像你們人類用來衡量價值的金屬，可是卻比那珍貴美麗得多。」

克里斯的話讓我心頭一跳，總覺得少年的形容有種熟悉感，可是我卻想不起曾經在什麼地方看過類似的東西。

就在我努力思索的同時，一直默默跟隨在眾人身後、沉靜得幾乎讓人忘記此人存在的諾曼忽然以高速掠出，隨即卡萊爾略帶緊張地警告道：「大家小心！有狀況！」

身爲出色的刺客，諾曼此時的反應速度比我略勝一籌，而且移動時絕對不會發出任何聲音。我們只見一道模糊的黑影一閃，諾曼已挾持著一名男子再次出現在眾人面前，前後只有數秒。

在諾曼押著男子出現的瞬間，克里斯向我行了一禮後便再度隱藏了身影。

隱居在精靈森林的精靈族忽然出現在人類領土，光是這一點傳出去便會引來很多不必要的麻煩，因此雖然對於血脈覺醒仍有許多問題想詢問，但我卻沒有阻止少年的離開。

「砰」地一聲，諾曼毫不留情地往前用力一推，這名可疑的男子頓時往地上摔去，發出響亮的聲音。

看男子摔下去時，那完全來不及做出任何防護動作的舉動，顯然是名不懂武藝的普通人。即使如此，對於這鬼鬼祟祟遊走於我們四周的男子，諾曼沒有絲毫掉以輕心，淬過毒的匕首橫架在男子脖子上，銳利的銀眸緊盯著對方的一舉一動，慎防男子暴起傷人。

「饒……饒命啊！」男子畏縮地抱住頭，反應活像是個被打劫的可憐人，而我們則成了喪心病狂的強盜似地，令大家哭笑不得。

我不禁摸了摸臉，本公主……本少爺可是名人見人愛的美少年啊！以妮娜的說法，我的男裝扮相是會讓女性們想抓回家好好疼愛的程度。雖然一直以來我都不太注意自己的外貌，可是被人如此視如蛇蠍般地畏懼，還眞的讓我感到有點受傷耶！

向利馬撇了撇嘴，青年立即會意，神色猙獰地踏前一步，低吼道：「你是什麼人？躲在暗處鬼鬼祟祟的想要幹什麼？」

男子早就嚇得心膽俱裂，利馬的詢問一出，他便立即滿臉驚惶地老實回答道：「我……我只是名想來撿漏的小商人，你們也是爲了金礦而來的吧？我不和你們爭了，求求你們放我走吧！」

聽語氣，難道他以爲我們抓他是想要殺人滅口。

不過有一點可以肯定的是，這名男子躲在一旁並不是想要對我們不利，應該只是個路過的倒楣鬼而已。

確認男子沒有危險，諾曼總算收起手裡那把泛著毒光的匕首，但仍是警戒地半擋在卡萊爾身前，愼防男子做出任何異動。

多提亞挑了挑眉問道：「你所說的『撿漏』是什麼？」

男子茫然地看著一身優雅貴族氣息的多提亞，呆呆地反問：「咦？你們不是來撿漏的商人嗎？」

利馬不耐煩地喝罵：「要你說便說！一個俘虜哪來那麼多廢話？」

……利馬似乎已經完全進入狀況了。騎士長大人顯然是把對待敵國戰俘的態度，放在眼前這個倒楣鬼身上。

男子只是名小商人，在利馬不經意地洩露出染過鮮血的軍人所特有的殺戮氣息後立即嚇破膽，把所有已知的事一股腦兒地吐出來。

「就是……就是在十多幾年前，有商人在這盡頭之地發現一些妖艷美麗的金子，結果一夜致富，由默默無聞的小商人成了大商家，發跡以後還獲得查理斯家族的邀請，成爲家族轄下的外姓商隊。雖然這種奇異的金子已被那名商人開採得一點也不剩，可是偶爾還是有些過來『撿漏』的幸運兒撿到一些碎屑，這種黃金即使只是金沙，在市場中也是奇貨可居啊！不過聽說近幾年再也沒有人成功撿漏過了，我也是因爲到亞伯拉罕行商，便想順道過來碰碰運氣。」

聽到商人的話，我們所有人都呆掉了。

綜合克里斯的形容與男子口中的「奇異黃金」，十之八九就是由晨曦的光線所形成的金色結晶。

以商人那種一枚銅幣也斤斤計較的個性，至今十多年過去了，又怎會留下哪怕是一點金子的碎屑呢？這些人之所以每隔數年便能撿到一些金沙，大概是因爲這些金沙並不是當年殘留下來的，而是長年累月下，陽光再度凝結成新的晨曦結晶。

想不到我們此行的目標，竟全都被這些作著發財夢的商人撿走了。此刻的盡頭之地，簡直就像遭到蝗蟲過境般，寸草不生！

這一次，大家是眞的洩氣了。與其留在這兒搜尋不知道存不存在的金屑，倒不如嘗試尋找由這些黃金所打造的工藝品還比較實際。想到這兒，我們全都像鬥敗了的公雞般垂頭喪氣起來。

「呃……各位……我可以走了嗎？」男子戰戰兢兢地試探道。

利馬萬念俱灰地揮了揮手，男子立刻如蒙大赦般，屁滾尿流地從暗處拉過一匹駱馬，隨即頭也不回地往城鎮跑去。

嘴角勾起一抹苦笑，卡萊爾攤了攤手道：「現在怎麼辦？」青年身旁的奈娜卻是直接黑起臉，凌厲的眼神看得我毛毛的。

其實那也不能怪我啊！本來就是聽起來很簡單的事，誰想到會如此一波三折？

多提亞嘆了口氣道：「現在最大的希望，就是市面上的純金製品。這一點維現在可能不方便出面，妮可，妳利用轄下店鋪的人脈，試著尋找一下吧！」

妮可點了點頭，道：「可以。」

卡萊爾補充道：「我也會拜託父親，請家族留意一下的。」

可是大家都心知肚明，愈是珍貴稀少、千金難買的東西，大都收藏在收藏家之手，流出市面出售的絕對是少之又少，從市場購入也只是沒辦法之下的辦法而已，我們也不對這種方法存有多少期望。

被突如其來的情報弄得雞飛狗跳，所有人全都愁眉不展，唯獨一直置身事外的凱特依舊能夠保持平靜。只見青年歪了歪頭，頗為討喜的憨厚表情此刻卻讓眾人牙癢癢的，恨不得把他圍毆一頓。

「你們覺不覺得，這個靠金子起家的故事怎麼好像很熟悉似地？」正所謂當局者迷、旁觀者清，凱特的話一出，我也想起先前在聽克里斯說及有關晨曦結晶時，所感覺到的那種奇異的熟悉感。

同樣有著這種感覺的顯然不止我一人，聽到凱特的話，大家便不約而同地沉靜下來，努力思索著這種熟悉感到底是打從哪兒來的。

「我知道了！胖子掛在脖子上的金沙！」畢竟曾親手把玻璃瓶拿在手裡，對於那些美得驚人的金沙，我比別人更爲印象深刻。

米高的金沙不正是擁有極純粹、美得不眞實的金色嗎？而且胖子是靠這些金子發跡的，這也與商人口中的故事符合！

隨著我的話，大家也醒悟過來了，來不及多說廢話，眾人不約而同地跨上租借來的駱馬，馬不停蹄地往城鎮的方向衝去！

ch.9 賭注

胖子是查理斯家族轄下的商人，有了這層關係，我們並不怕對方不肯外借金沙，頂多事後再設法買個以這些黃金所造的製品送給他作補償罷了。雖然這些黃金價值不菲，但對我的財力來說，只是九牛一毛。

我們之所以這麼急著趕回鎮上，是因爲胖子曾說過亞伯拉罕並不是他的終點，只是他這次行商的中途站。只希望我的霉運不要持續下去，萬一胖子已經出發，那我就只能硬著頭皮追上去了。

有了血脈覺醒這個隱憂在，我實在不確定自己能不能支撐到追上米高的時候。

在卡萊爾這個查理斯家族的少主帶領下，我們暢行無阻地進入查理斯家族商會，很快地便看到米高那肥胖無比的惹眼身影。

看到我們氣喘吁吁地衝到他面前，胖子驚叫了聲道：「維斯特老弟，你今天不是說要去看看盡頭之地的嗎？怎麼過來了？」

成功把人堵住、安心下來的我們首先要做的，並不是回答胖子的問題，而是努力平復因奔跑而變得急促的呼吸。剛才的衝刺就連體魄最爲強悍的利馬也喘息不已，夏爾這個魔法師就更不堪了，整個人如爛泥般癱軟在地。反倒是一直默默跟在妮可身後的凱特，依舊是一臉憨厚的笑容，呼吸一點兒也不見紊亂。

被我們那種餓狼遇上小綿羊的眼神盯得心裡毛毛的，胖子不自在地左顧右盼道：「呃……你們是特意過來找我的嗎？」

回過氣來以後，我開門見山地要求，道：「米高，我想再借一下你脖子上的金沙看看。」

胖子倒也乾脆，問也不問原因便解下紅繩，裝有金沙的小玻璃瓶立即出現在我的眼前。

接過胖子遞過來的玻璃瓶，我小聲詢問道：「克里斯，你看看這是不是傳說中的晨曦結晶？」

隨著我的話，身旁便浮現出一個模糊的白色人形，並快速凝聚成一名長相清麗無比的銀髮少年。

「精靈！」胖子驚呼了聲，隨即醒悟過來的他立即摀住了嘴巴。

還好他的聲響不大，加上商會大堂面積寬敞，沒有外人注意到胖子的驚呼聲。

少年現身的位置選得很巧妙，以身形高大的利馬等人作掩護，正好是其他在場

商人所看不到的角落。

沒有理會胖子驚異的視線，克里斯仔細研究著手中的玻璃瓶。我那雙能看見魔法元素的眼瞳，這時清晰地看見一些金色的魔法元素在少年的引領下，聚集到他那隻比女性更為白皙的手腕上，隨即光芒越過玻璃瓶，融入了金光閃閃的金沙裡。

雖然看得見魔法元素，可是卻看不懂克里斯在做什麼，因此我只能與多提亞他們一樣，安靜地等待少年宣布結果。

現在的我就像個手持利劍的孩子，空有一把絕世利器卻不懂如何使用，即使對上的劍術高手只使用劣質兵器，結局也只會是不出三秒便被人打趴在地上！

不過，這也是沒辦法的事，畢竟我真正接觸魔法只是這幾個月的事，自然不能與自小修習魔法的克里斯相比。對此我很明白，也從未妄想過能夠在瞬間追上克里斯，只要善用我的好眼力，盡力去做自己能做的事情就好了。

短短數秒，克里斯便把金沙交回我的手裡，道：「能夠吸收光元素，這的確是晨曦結晶。」

眾人聞言大喜，正要向胖子動之以情、說之以理把金沙弄到手之際，克里斯卻接著說了：「不過這些粉碎掉的結晶碎屑擁有的力量不大，雖然晨曦結晶是世間所有惡靈以及黑暗生物的剋星，可是這麼少的分量，仍不足以剋制殿下將要對付的敵人。」

「殿……殿下？精靈族的殿下？維斯特老弟，你到底……」略帶顫抖的手指指著我，胖子的眼珠子瞪得快要掉出來了。

「克里斯說著玩的，不用在意。」我很敷衍地隨意擺擺手，並沮喪地把金沙還了回去。

「精靈會隨便喊人類爲『殿下』來開玩笑？那倒向我開這個玩笑看看啊，我這輩子從沒被精靈喊過一次。」胖子的嘴角一抽，我說的話連三歲小孩也騙不倒，更何況是胖子這個打滾商場多年的老油條？可是我明擺著就是不告訴他，他也拿我沒轍。

克里斯淡淡地看了胖子一眼，道：「如果你希望你的『一輩子』就在今天終結，我不介意實現你這個小小的願望。」

不光只是胖子，就連我也囧了。

到底是誰散布謠言來誤導世人，說精靈是善良純潔的種族!?

克里斯的話顯然對胖子造成不小的打擊，只見胖子失魂落魄地收回他的寶貝金沙後，便帶著一臉幻滅的神情，步伐踉蹌地轉身離去。

胖子離開後，大家大眼瞪小眼，無言以對。

無法依靠胖子的金沙，我們也只能將希望放在收購上了。

揉了揉額角，妮可迎上我的視線道：「殿下請放心，我會努力想辦法的。」

看到少女苦惱的神情，凱特疑惑地詢問：「這種黃金很難找嗎？」

一路上被屢敗屢戰的凱特死纏爛打了這麼長的時間，妮可的態度漸漸軟化下來。據少女的說法，這傢伙根本就是隻打不死的小強，妮可引以爲傲的怪力完全拿他沒轍，無論把他打飛得有多遠，隔了一會兒，青年又會再度跑回來，也不知道他到底是怎麼辦到的。

既然打也打不死，罵又罵不走，妮可也就決定以平常心來應對，免得煩人。

（打人也是會累的說……）

「很困難，這種珍品並不是有錢就能買得到的。」妮可並沒有無視凱特的詢問，因爲根據經驗，無視他只會換來對方不死心的滋擾。

「可是我好像曾在父親的洞穴裡看過類似的東西。」

「什麼!?」凱特的話一出，立即便引來我們的驚呼，妮可更是在情急下拉著對方的衣領，雙手一舉，便把凱特凌空提了起來，道：「你說的是眞的？會不會記錯了？」

凱特無奈地苦笑著，拍了拍少女的手背，示意對方先把他放下再說。

仔細一看，青年那被衣領勒過的脖子竟然絲毫無損，到底他有多皮粗肉厚啊？

「應該不會認錯，我是看著黃金長大的，那條頸鍊的顏色特別燦爛耀目，與其他黃金不同，因此我印象很深刻。也不知道父親是在哪兒搶……咳，買來的。」

什麼？看著黃金長大，而且還是搶來的!?

不過現在這些都不是重點！重點是凱特所說的黃金鍊子到底是不是我們在找的晨曦結晶！

我連忙詢問：「凱特，你所說的鍊子可以賣給我們嗎？價錢方面絕對不是問題！」

青年爲難地說道：「這不是價錢的問題，雖然我父親也很喜歡金幣，可是到手的東西他是絕對不會再吐出來的，除非……」

「除非什麼？」

「你們記不記得我曾經提過，這次進入人類的社會是因爲有任務在身？」

我點點頭。凱特的確說過他之所以離開族群，是因爲要完成父親向他指示的任務。

凱特英俊的臉上露出憨厚的笑容，可是仔細看著他的雙眼，便會發現那雙猶如深海般的湛藍眸子，閃爍著若有似無的狡黠。

「父親所指示的任務是『帶你的新娘來見我』，若是送給媳婦兒的禮物，即使是再珍貴的東西，父親也絕不會吝嗇的。」

妮可皺起了眉，凱特這番話根本就是針對她來說的嘛！

看到少女眼中展現的厭惡，凱特慌忙解釋道：「從小到大，我不只一次打過這些財寶的主意，每次的下場都非常淒慘。我不是要藉此逼迫妳，只是想要妳跟我回族中裝裝樣子而已，這是唯一能夠打動我父親、讓他疏於防範的方法，不然以他的性格，即使是一枚金幣，也絕對不會借給你們的。」

凱特……你不小心洩露了從小就已經覬覦父親財寶的過去喔！

青年一番話說得誠懇，可惜妮可不是這麼容易就被糊弄的。

「要找人來扮新娘的話，殿下或奈娜姊也可以啊！爲什麼一定要選我？」

凱特小聲嘀咕道：「要騙父親我也是要承擔很大的風險嘛！好歹也讓我帶喜歡的女孩子回去吧！」

這一次，凱特那帶點天然呆、扮豬吃老虎的神色不見了，取而代之的是一臉的眞誠，任誰也聽得出他話裡所蘊含的深情。

在凱特炙熱的注視下，妮可的臉頰不由自主地紅了起來。

少女本就長得嬌小可愛，此刻猶如紅蘋果般紅紅的臉龐，顯得更爲俏麗。雖然妮可總是對凱特的示愛表現出煩不勝煩的模樣，但似乎並不是完全沒有那個意思喔！

老實說，以妮可的怪力以及動不動便出手的性格，除了凱特以外，我實在想不出再有什麼男人能日日在遭到少女重量級的擊打後，仍能安然無恙。

妮可的身分雖是下人，可是我一直把她視爲妹妹看待，對於她的終身大事自然很關心。凱特這種被虐狂……咳，這種痴情的男人，可謂百年難得一見的極品，我當然不希望少女錯過了。

雖然凱特總是表現出一副天眞無邪的老實人模樣，可是這傢伙絕對是個精得見鬼、扮豬吃老虎的角色。看到妮可意動，凱特臉上的表情依舊憨厚，然而卻是機敏不已地抓緊時機，立即打蛇隨棍上，誓有不把嬌妻騙回族裡不罷休之勢。

「雖然在獲得長老們的允許前，我沒有與大家提及我所屬的種族與身分的權力，但我可以肯定地說一句，只要妮可願意跟著我，這輩子我絕不會讓妳受苦，哪怕是一點點委屈也絕不會讓妳遇上。」

妮可瞪了他一眼道：「這些話你留著對其他人說吧！先說好，我只是假扮新娘而已，取得金鍊以後我便會離去。」

「當然。」凱特微微一笑道：「其實獲得晨曦結晶並不是我帶妳回族的重點，主要是我看妳力量的爆發程度，距離血脈覺醒的時間已經不遠了。我們一族的血脈比任何種族都霸道，有長老們爲妳作引導，我才能夠放心。」

「血脈？等……等等！你的意思是妮可並不是人類，是你的族人？」我驚訝並且難以置信地轉向妮可，只見少女也是滿臉震驚，顯然並不知道這件事。

自小便與妮可一起長大，少女除了面部表情冰冷了些、性格暴躁了一點、力量大了一點以外，基本上與普通人類沒有太大區別，實在令人很難相信這名與我相對了十多年的貼身侍女，竟是屬於人類以外的種族！

「妳不知道!?」看到我們的反應，這回輪到凱特驚訝了。

「有哪個人類能夠擁有如此強悍的力量及體魄？我還以為妳之所以如此禮遇妮可，並把她貼身留在身邊，是因爲知道她的身分……」

是人都會有火氣，我當然也不例外。雖然妮可總是要求我隱忍，無論任何時候都不能失了儀態，可是聽到凱特的話後，我還是忍不住生氣了。

反正現在我只是「維斯特少爺」，又不是「西維亞殿下」，即使妮可就在身旁，我還是很不淑女地破口大罵道：「你把我當什麼人了!?難道在你心目中，我對別人好都是有目的，是個那麼不堪的人嗎？」

利馬也對青年的話很不滿，難得肅穆起一張臉憤怒地低吼道：「想想我們的相遇，凱特！那時候你有表現出驚人的力量嗎？有展現出人類以外的種族天賦嗎？我們還不是把你視爲朋友？」

沒有壓抑的怒吼聲引來一旁商人的側目，見狀心情煩躁的我甩了甩頭，便氣沖沖地往街道走了出去。好幾名看到異狀的商會守衛上前想要了解狀況，卻被卡萊爾這位查理斯家族的少爺笑著阻攔下來，只見青年低聲說了幾句話，轉瞬間便讓他們返回看守的位置上。

凱特被我們憤怒的模樣嚇得一愣，回過神後立即追了上來，滿口歉意。

「抱歉，維斯特，我並不是這個意思。只是妳對妮可這名侍女好得出奇，加上你們對她那非人的力量，表現出一副理所當然的樣子，我才猜測妳早就知道她的身分。」

雖然凱特嘴上這麼說，可是確認了我們對他所屬的神祕種族沒有任何不軌的企圖後，青年那種像局外人般的疏離氣息立即減弱了不少，更隱隱有著親近之意。

不過，從另一個角度來看，凱特的話其實也有道理，沒有人類在看到妮可的怪力後能不震驚的，因此我的處變不驚在青年看來自然有點詭異。可是他卻忘了妮可陪在我身邊十多年了，也就是說，這種足以把人嚇得屁滾尿流的驚人場面，我已經看了足足十多年，再震驚都變得麻木了吧？

我嘆了口氣解釋道：「妮可是個流落街頭的孤兒，在快要餓死的時候，被微服出巡的父王撿回來做我的貼身侍女，我們又怎會知道她的出身？她與我一起長大，我早就將妮可視為我的親妹妹，自然會對她好。人與人的感情，又不是以身分或勢力這種東西來衡量的。」

聽到我的話，凱特看著我的眼神再度變了。那種帶有認同感的溫暖眼神，讓我想起在交代大家不要對魔獸趕盡殺絕的時候，青年也曾向我展露過這種略帶審視與親近的神情。於是我便下意識地說了一句：「凱特，看你與魔獸那麼親近，你該不會是懂得化形的高階魔獸吧？」

「叭啪！」我的猜測一出，傳說擁有著世上最輕盈靈動的步伐，行走時絕不會傷害花草的精靈族少年克里斯，竟然摔倒在地上，而且還摔得現形了！

拍了拍沾染上塵埃的白色衣衫，克里斯的嘴角抽搐著，淡藍眸子裡滿是笑意。

這可說是我認識這名性格漠然的精靈少年那麼久的時間裡，笑容維持最長最久的歷史性一刻！

「殿下您……您真是太厲害了！凱特的種族對自身的血脈極度自傲，妳竟然把一頭……比作高階魔獸，如果聽到您這番話的不是凱特，而是他的同族，只怕殿下您早就被他們撕成碎片了。」克里斯特意揶揄我一番後，才再度隱身而去。

到底是一頭什麼？為什麼說到這裡要特意含糊其詞啊！我真的很好奇耶！

「凱特，維剛才的話絕對是無心之失，請你別太介懷。」雖然沒有把我撕成碎片，凱特的面色卻變得黑了起來，多提亞見狀便替我辯解了聲，並懲罰性地敲敲我的頭。

我朝凱特歉意地吐了吐舌頭，禍從口出啊……禍從口出……

看到我們的互動，凱特的表情放緩下來道：「我們的繁殖能力比精靈族更弱，每一名同族都是彌足珍貴的存在。像妮可這種流浪在外的族人，大多數時候總在我們把她領回族群前，便在人類社會中夭折了，又或是因承受不住血脈覺醒的衝擊而爆體而亡。維斯特妳照顧了妮可，讓她安穩成長，就已是我族的大恩人了，這件事我會如實告訴父親的，也許趕得及妳與那位亡者的大戰也說不定。」

「你們有多強？」雖然我們並不打算引起大戰，可是利馬還是很好奇凱特他們的戰鬥力。畢竟血脈未覺醒的妮可已這麼恐怖了，實在讓人難以想像成功覺醒以後，他們的戰鬥力到底有多可怕。

凱特想了想，很認真地回答：「我們的數量已經大不如前，而且無數混血的出現，令我們的血脈變得稀薄。要毀滅人類有點難，不過破壞一、兩座城池還是很輕鬆的。」

我不禁汗顏道：「沒事我要你們毀滅人類幹什麼!?破壞城市也不許！你們可別給我胡來啊……」

凱特的話，讓長相可愛、外表冷漠，可是性格卻充滿暴力因子的妮可嚮往不已。見狀，早已迫不及待要把（偽）新娘帶回族群中的凱特，立即向我們請辭，道：「妮可的事解決後，我會帶著晨曦結晶前往精靈森林找妳的。」

我想了想，道：「還是在菲利克斯的王城集合吧！血脈覺醒後，我會直接前往王城，晨曦結晶到手，也該找那個侵佔父親身體的混蛋算帳了。」

凱特頷首道：「好，一個月後我們在王城見吧！」說罷，青年拒絕了夏爾遞過來的通訊晶石，笑道：「我們不需要這種東西，當我與妮可到達王城的時候，你們自會知悉。」

聽對方說得肯定，我們也不勉強，只是對於凱特他們的身分更好奇了。

離別依依，妮可一言不發地撲進我的懷裡，我真的很想把她永遠留在身邊，可是我也知道對於身爲孤兒的妮可來說，族人對她到底有著多重、多深的意義，因此再不捨也還是必須讓妮可跟隨凱特離開。

反正對於少女在將來會不會選擇繼續留在我的身邊，我還是非常有自信的！

想要拐走我的侍女？門兒都沒有！

「傻丫頭，有什麼好難過的？只是分開一陣子，我們很快便會再見面的。先把心思放在眼前的難關上吧！血脈覺醒伴隨難以預料的致命危險，妳可千萬不要掉以輕心啊！」

有得必有失，在獲得強大血脈力量的同時，也要承擔著同等的風險。聽凱特的語氣，妮可的覺醒似乎並不容易，偏偏這小妮子還不把它放在心裡，這讓我不得不慎重提醒她一下。

離開我的懷裡，妮可再度回復了冷冰冰的表情，道：「殿下不也一樣要進行血脈覺醒的儀式嗎？既然殿下也不把它放在心上，爲什麼我就需要隆重其事呢？」

呃……我的確還眞的沒有把這件事放在心上……想不到一番好意，竟讓妮可反過來教訓我一頓，還眞是個一點也不可愛的小丫頭！

「本公主所要覺醒的，可是平和的自然之力，又會有什麼危險？不然我們就打賭吧？看看誰最快把血脈覺醒。先回到王城的一方可以要求對方做一件事，敗者不得拒絕。」

「可以啊！誰怕誰！」性格外冷內熱的妮可，立即鬥志旺盛地答允下來。

凱特早就言明他們種族的血脈狂暴，相反地，被稱爲森林之子的精靈一族卻是以自然之力這種平和力量聞名於世，根據現在的狀況看來，我的贏面還是很大的。

「請殿下別忘記，您早已錯過了血脈覺醒的最佳時機，因此要成功讓血脈覺醒，殿下將遇到的困難不會比妮可少。」維持著隱身狀態的克里斯並沒有現身，只是在我身旁小聲說了幾句話，無論是話裡的內容，還是那突如其來出現的聲響，都著實令我嚇了一跳。

似乎我的如意算盤打不響了，大家都站在相同的起跑點上啊……

凱特現在滿心只想快點把（僞）新娘子拐回族群裡，眼看我們上演難捨難離的戲碼，害怕事情有變的青年迫不及待地催促少女動身回族。

看妮可跟在青年身後的樣子，倒眞有點像要出嫁的小媳婦。一個惡劣的念頭突然浮現，我壞壞地走到青年身旁小聲笑道：「也許在我獲勝以後，要求小妮可假戲眞做，當凱特眞正的新娘也不錯啊！」

聽到我的話，凱特的步伐猛然一頓，不過這名心機有點深沉的青年顯然掩飾得很好，這停頓只維持了短短一瞬間，便裝作什麼事也沒發生過般，若無其事地繼續前進。只是他的心裡是不是正在考量該怎樣才能把妮可拖著，好讓我能獲得最終勝利，那就不得而知了。

利馬拍了拍我的肩，感同身受般地說道：「妮可那丫頭好歹也是妳的好姊妹，小維妳……還眞是一如以往般地無恥啊……」

我甜甜笑道：「戰場無姊妹，既然打了賭，當然就要全力以赴，利用所有能利用的資源！」

尾聲・出發！精靈森林

「克里斯，我們現在向精靈森林出發了嗎？」「武器」的問題算是解決了，接下來只能期待凱特的表現了。因此現在我的首要任務，就是解決掉那埋藏於血脈中的隱憂，不讓它影響到往後的戰鬥。

「不用著急，我想族人也應該做出決定了。」克里斯頗具深意地淡淡說道。

我疑惑地眨了眨眼睛，好奇於對方話裡的若有所指。

忽然，克里斯的身影清晰地出現在我們眼前，嚇得我慌忙扯下身上的白色斗篷，覆蓋住少年一頭亮麗的銀髮，以及專屬於精靈族的尖耳朵。

全然無視我們擔驚受怕的神情，克里斯逕自凝望著蔚藍的天空，嘴角勾起一個短暫卻美麗無比的笑容，呢喃道：「一想起你，你便過來了……」

克里斯的舉動成功引起了大家的好奇心，眾人不約而同學著少年抬頭看向藍藍的天空，下場就是被東方的猛烈陽光照射得目眩眼花，除此之外並沒有任何收穫。

我揉了揉刺痛的雙眼，淚水止不住地流了下來。剛才抬頭的時候，視線很不幸地直接對上了耀眼的太陽，至今閉上眼睛還能看見刺目的金色光影。

「小維！」察覺到我的處境，夏爾慌忙朝我的雙眼拋出一個治療術，痛苦的症狀頓時獲得舒緩。

感激的同時，我不忘小聲提醒少年道：「稱呼我為哥哥，還有不要瞬發魔法，別忘記你現在的身分，是略懂治癒術的商家少爺夏爾弟弟。」

少年不好意思地搔了搔臉，歉意地靦腆一笑。

多提亞憐惜地用手臂撐起身上的斗篷，形成一個幽暗的空間，把正在陽光下曝曬的我護在裡面，並輕聲警告道：「東方的陽光遠比其他地方猛烈，抬頭時小心一點，千萬別直接注視太陽。」

隔絕了陽光的陰涼，讓我舒服地吁了口氣，乾脆就這樣賴在多提亞的斗篷裡，反正斗篷大得很，同時遮掩兩個人的身影絕對沒問題。

仰天遙望的克里斯一言不發地攤開手掌，精靈的皮膚遠比人類水靈嬌嫩，即使少年先前一直沒有披上斗篷，膚色竟然白皙依舊。這消息若是流傳出去，也不知道會讓多少千金小姐及貴婦嫉妒不已。

看克里斯把手掌張開後差不多過了一分鐘，卻是什麼事也沒有發生，害我開始懷疑對方的舉動，該不會只是單純在炫耀他那比女性更美麗的手掌而已吧？

就在我於心裡偷偷誹議著少年那莫名其妙的舉動時，一隻小巧玲瓏的鳥兒忽然出現在克里斯的手心上。

沒有人看到這隻小鳥是何時飛過來的，簡直像是牠本就站在少年的手掌上般。這隻美麗的鳥兒還不到掌心大小，豐厚的羽毛在陽光下變幻著不同色彩，一雙寶石般的眼睛則是鮮艷的紅，靈動地歪著頭四周打量的模樣，實在可愛得不得了。

「好可愛的小東西！克里斯，這隻小鳥是你飼養的？」我小心翼翼地把手伸過去，小鳥不只毫不驚惶，更主動跳到我的手指上，一雙鮮紅的眼睛眨呀眨地在打量著我，表現得深具靈性。

「天啊！我曾在圖鑑中看過牠！這是神階魔獸天鈴鳥，擁有不斷變幻顏色的羽毛，以及世上最動聽的歌聲。這種魔獸沒有任何攻擊力，然而速度卻是世間之最，是非常稀有聰明的魔獸。」

飽覽群書的多提亞，瞬間便道出了這隻鳥兒的身分。

打量了我好一會兒，鳥兒開始「啾啾」地唱起歌來，牠的聲音很特殊，那是種我從未聽過的曲調，卻比世上任何歌曲都優美動聽。

不同於我們單純的欣賞與讚歎，克里斯凝神細聽著鳥兒的歌聲，似乎想要從這些美妙得無法以言語來形容的歌聲中，聽出小鳥想要表達的意思。

當天鈴鳥動聽的歌聲結束後，少年露出了不遜色於這美妙歌聲的清麗笑容，並沒頭沒腦地向我說道：「殿下，我們可以立即出發了。」

「咦？」

我現在的表情必定很傻，因爲在我發出無意義的聲響後，一向神情冷漠的克里斯又再度勾起了嘴角：「這隻天鈴鳥是我們精靈族的王──亞德斯里恩陛下的契約伙伴。早在遇上殿下的時候，我便把事情傳回族中，經過族人的商議後，我們全族成員一致決定，將會全力支援殿下的任何需求。」

我們訝異地對望，都從對方的眼中看到不加掩飾的震驚。精靈族遠比我們想像中更爲護短，竟然因爲前王的孩子被別人欺侮，便出動全族來支援！

本來在我的預期中，他們能夠稍微放話來支持我，讓僞國王有所顧忌就已經很感激。現在他們竟然總動員來支援，這已經不是感激，而是活脫脫把我嚇倒了！

當然，被狠狠嚇倒的同時，滿滿的感動從心底浮現，這害我只得尷尬地垂下頭，裝作不經意地偷偷揉了揉泛起淚光的眼眸。

雖然在人類的國度出生，以人類的身分長大，可是精靈族卻依舊把我這個連血脈都尚未覺醒的半精靈視爲族群的一分子，會因我的委屈而生氣，會爲了保護我而戰鬥……即使本性善良、熱愛大自然的他們，是多麼討厭戰爭。

擁有這樣的族人，又怎能不讓我感動與驕傲呢？

假裝看不見我眼眶裡感動的淚光，克里斯再度微微一笑，從懷裡取出一片晶瑩剔透、彷彿由美玉雕琢而成的樹葉。對於這種異常美麗的葉子我並不陌生，那是生命之樹的樹葉，當時我就是受到這種樹葉神祕力量的保護，才能在第二次血脈覺醒的衝擊下挺過來。

只見克里斯輕聲低喃著一段艱澀的咒語，少年嗓音清脆動聽，加上咒語的內容是優雅的精靈文，竟給人一種聽著樂曲般的享受。

少年手中的生命之樹樹葉，在咒語的力量下飄浮半空，天鈴鳥拍動著翅膀往樹葉一頭栽進去，竟然就此消失了影蹤，隨即在鳥兒與樹葉消失的位置上，竟出現一條空間通道！

見眾人驚訝的模樣，克里斯解釋道：「世人都知道魔獸天鈴鳥擁有世上最動聽的歌聲，能夠不停轉換顏色的羽毛，以及最神速的速度，可是卻鮮少有人知道這種珍稀的魔獸之所以被評價為「神階」，是因為牠們還擁有一種非常特殊的能力——天鈴鳥能連接任何空間，指引出方向與座標，讓人們不致迷失方向。因此在精靈族，我們都稱呼天鈴鳥為『莎莉絲亞』，那是『引路者』的意思。」

我凝神看向空間通道的彼端，依稀看到一片青蔥翠綠，那是朦朧又美麗的森林景致。不用克里斯解說，我已經猜出通道的盡頭連接著什麼地方了。

朝通道的入口做了個「請」的手勢，少年素來淡漠的眸子裡，此時卻凝聚了滿滿的溫暖。

「殿下，歡迎回家。」

《傭兵公主》卷四完

番外・奇妙的緣分

這是個發生在很久很久之後的故事了。

當年那雙可愛的小嬰孩如今已成長爲俏麗可人的美人兒，在享受著和平寧靜生活的同時，命運之神也悄悄地帶來了屬於她們的奇妙緣分……

□

陽光普照的上午，南方不冷不熱的暖和天氣令人懶洋洋地不想活動。

兩道俏麗的身影出現在小鎮唯一的對外出入口，讓昏昏欲睡的人們頓時清醒起來。那些本來懶洋洋幹活的小伙子們立即對手上的工作表現出數十倍的熱情，抬著獵物進出的年輕獵人更是昂首闊步地盡力展現出自己最雄壯的一面，以圖能獲得美女們的青睞。

吸引住所有人目光的是一對髮色與瞳色各異、臉龐卻長得一模一樣的美麗的雙胞胎。雙胞胎年約二十，正值女子成熟嫵媚又不失青春活力的年紀，有著銀藍髮色與藍眸的少女看起來性格較爲活潑，正在笑嘻嘻地向居民打招呼；黑髮紅眸的少女卻是冷若冰霜，以兩名外來者的敏銳直覺甚至還從對方身上感受到一絲若有似無的煞氣。

對比年輕人表現出的緊張，年長的叔叔、嬸嬸們卻是一臉慈愛地與這雙姊妹花打招呼。小鎮的民風比大城鎮淳樸得多，老人們俱把年輕一輩視爲自家小輩般寵愛。加上這雙美貌遠近馳名的雙胞胎是這座小鎮的驕傲，因此所到之處總是招來一片打招呼的聲音，可以看出她們在這兒到底有多受歡迎。

畢竟美女看起來賞心悅目，何況只要是她們出現的地方年輕人幹活總會變得特別勤快，老人們恨不得這兩位美人有事沒事就出來蹓躂一下才好。

兩名穿著斗篷、看不清楚面貌的外來者饒有趣味地往眾人注目的焦點看過去，想不到在這座僻靜的小小鎮裡竟能遇上如此美人，而且看起來兩人的實力似乎不弱？外來者的好奇心立即被勾了起來。

「老闆，她們是小鎮裡的人嗎？」其中一名外來者立即興致勃勃地向商店老闆打聽，雖然因斗篷的遮掩看不清此人的相貌，但聽聲音倒是名年紀不大的年輕人。

看到老闆皺了皺眉沒有回答，外來者愣了愣後隨即笑著掀起身上的斗篷。

「我們不是什麼可疑分子喔！只是不想惹人注目才把容貌遮掩住，畢竟出來冒險的話還是低調一點得好。」

外來者只把相貌展露了一瞬間便再次把斗篷披上，但卻足以讓老闆看清對方的相貌。果然如嗓音所示是個年輕人，然而這少年也長得太出色了。一頭燦爛的金髮如陽光般熠熠生輝，紅楬色的眸子有著深邃的獨特韻味，一張顯嫩的娃娃臉上泛起的壞壞笑容不僅不惹人厭、反而令人倍感親近。

看到少年相貌的瞬間，老闆頓時覺得眼前一亮，對於對方的話也深感讚同地點了點頭。也難怪他要把相貌遮掩住，可以預期如此出色的外來者光臨他們這座僻靜的小鎮會惹來很多不必要的麻煩。

有時候女人可是很恐怖的耶！那些平常看起來秀氣婉約的姑娘們，絕對能把他們堵住數小時無法離開！

想到這裡老闆不由得好奇地看了看金髮青年的同伴，心想這一位同樣用斗篷遮掩相貌的人只怕也是長得不差了吧？

長相漂亮的人總是容易獲得他人的好感，何況對方的年紀比雙胞胎還要小一點，看起來一身正氣的模樣也不像可疑人士，老闆便從善如流地以充滿驕傲的語調回答：「這兩個孩子雖然不是她們父母親生的，但還是小嬰兒的時候便已來到我們小鎮中了。她們可是南方出名的大美人啊！也不知道有多少大城鎮的年輕人千里迢迢來到我們這個偏僻的小鎮，就只是爲了一睹美人的風采呢！」

少年顯然對於美人的話題充滿興趣，正要接著詢問下去，身旁的同伴卻出言打斷：「好啦約翰，人家比你還年長呢！別學團長大人那樣看到美女便忘了正事。」

「我的派翠克少爺，你就別把我比喻成那個整天沒事搞失蹤、只以下半身來思考的傢伙吧！我怎麼說也比他可靠得多耶。而且你也知道我是有苦衷的嘛！要不是父親把我轟出家門的時候說過找不到媳婦便不許回來，我才不會到處盯著女人看呢！」金髮少年雖然嘴巴在抱怨，然而雙手卻毫不含糊地把剛買齊的乾糧存放好，隨即乾脆俐落地向老闆揮手道別。

說得興起的老闆不禁有點不滿，哪有人這樣的？掀起了話題說不到兩句便拍拍屁股要走人。不過聽金髮少年稱另一人爲「少爺」，似乎二人是主僕關係？老闆倒不好再說什麼，逕自瞪了那名少爺一眼來表達自己的不滿。

怎料這一眼卻正好對上了對方掀起斗篷後的目光，老闆頓時呆住了。

只見這位名叫派翠克的少年有著一雙非常美麗、明亮得彷如星晨般的眼眸。一雙眸子明明是非常典雅的色調，可是襯托起對方調皮跳脫的眼神卻給人充滿活力的感覺。配以一頭罕有的淡金髮色以及清秀的臉容，竟也是名難得一見的美少年！

感到對方充滿歉意的眼神，老闆竟不由得心頭隨之一緊，慌忙安慰了聲「沒關係」。隨即少年雙眼閃亮出欣喜的笑意，讓老闆的心情頓時也立即變得好了起來。

看到主人掀起遮掩容貌的斗篷，約翰也隨即將斗篷脫下。金髮青年的容貌比他的少爺還要出色，然而氣質上卻是少爺略勝一籌。

二人出色的容貌立即引起居民們的注意，紛紛向老闆打聽他們的身分，滿足了老闆的虛榮心之餘，也正好爲他排解了一個下午的寂寞。

此刻，已把斗篷脫下的派翠克邊走邊揶揄道：「找媳婦是你家的傳統，這點我可幫不上忙。而且你又有什麼好不滿的，你父親還不是靠著這傳統才能娶到你母親嗎？」

約翰滿臉不屑地撇了撇嘴：「那不同。母親大人是多好的一個女人啊！強壯、有力又可靠，這哪是外面那些軟趴趴的女人比得上的！」

派翠克不由得想起見習騎士房間外那面大理石牆上的大坑洞，並狠狠打了一個冷顫，心想：**你的母親也未免太生猛了點吧**？要是約翰一直以這位作標準來挑選老婆的話，說不定這輩子都娶不到啊……

唉！算了，各人有各自的緣分，還是先把注意力放在任務上。大不了約翰真的娶不到老婆的話，那便替他在傭兵群中找一個壯得像牛的女子來湊合湊合好了。

□

城鎮本就位處於森林旁邊，兩名少年前進沒多久便進入了森林範圍內。雨後的森林散發著一種透著濕意的清新氣息，讓兩人不由得精神一振。

派翠克感嘆道：「聽老師說，當年你的父親就是在這座森林裡受到傭兵圍攻，後來被母親大人他們所救。」

「啊啊～這故事我也聽利馬說過，這個人成了見習騎士的劍術老師後還是一副大刺刺、沒正經的模樣，也不知道這故事到底是眞的、還是只是他說來耍人玩的。老是喜歡把學生耍得團團轉，還好我不用跟他學劍術。」不怪約翰懷疑利馬的話，這個故事本身便已漏洞百出。

以他父親的強悍，會是區區人類傭兵能圍攻得了的嗎？

當然，圍攻的人要是換上「創神」那位強悍得如同怪物的團長大人則又另當別論了。

這時，一陣微細的腳步聲從遠處傳來，並朝著兩名少年所在的方向接近。雖然聲響因草地的緩衝而變得微不可聞，但二人俱是高手，還是讓他們敏銳地察覺到。

二人並沒有表現得太緊張，只因他們聽得出來者並沒有特意把腳步聲減弱，不像懷有惡意的樣子。心想也許是到森林打獵的獵人吧？想不到發生一連串事情後，還有獵戶敢進入這座鬧鬼的森林啊……

「咦！是妳們？」當看清來者的容貌時，兩名少年忍不住驚呼。

在這座傳聞鬧鬼的森林裡亂走的人不是他們想像中的獵人，也不是傳言中的幽靈，竟是小鎮的珍寶——名為瑟琳與喬妮亞的那兩名美麗女子！

這雙有著不同氣質的雙胞胎打量著長相同樣出色的少年們，隨即竟不理會兩人自顧自地對話起來。

「覺不覺得這個淡金頭髮的小鬼有點眼熟？」

「嗯？」

「我覺得他長得很像精靈王。」

「嗯。」

「也很像那個菲利克斯家族的小丫頭。」

「嗯。」

「他的眸子也很眼熟。像不像當年那個與精靈王女兒一起闖進封印之門的青年？我就說這兩人老是吵來吵去的，像對冤家多於仇人，他們果然有一腿啊！」

「嗯。」

本覺得雙胞胎這一問一答、尤其是黑髮那位由始至終也只回答一個「嗯」字的問答方式很有趣，在旁饒有趣味地聽著的派翠克到此刻再也無法繼續保持沉默了。

「我的確是西維亞・菲利克斯的兒子，可父親……」

喬妮亞興高采烈地拍手：「你果然是精靈王的女兒的兒子啊！」

「呃……我的名字是派翠克，這位是我的朋友約翰。」被打斷話語的派翠克有點無奈地更正了女子對他的稱呼，雖然對方這麼說也沒錯啦！可是「精靈王的女兒的兒子」……這是什麼繞口令嗎？

「我是殿下的護衛，可不敢以朋友自居，那會被我那位死心眼的母親大人打死的！」既然對方知道派翠克的身分，約翰也不再稱對方為「少爺」了。只見少年護衛姿態隨意地笑了笑，看起來全身都是破綻，但其實已全神貫注地鎖定兩名女子，若對方稍有異動便會毫不猶豫地做出凌厲的反擊！

「你不用故意擋在我們與你的主人之間，就衝著與精靈王女兒往日的情分，我們也不會對他出手的。」笑語盈盈地說話的人仍舊是那位藍髮少女，她的雙胞胎姊妹冷冰冰地站在一旁，彷彿除了喬妮亞以外便不會對任何人開口說話，惹來兩名少年好奇的注視。

「殿下，這兩位美女不簡單耶！聽她們所說似乎認識陛下的樣子，你有頭緒嗎？」約翰在派翠克耳邊小聲詢問。

派翠克也同樣小聲回答：「不知道，但可以肯定這兩人絕對是高手！」

兩名少年正在耳語的同時，那雙美麗的姊妹花也在小聲地交流著。

「那個護衛不簡單，他不是人類！」

「嗯。」

「他好強！那個精靈王女兒的兒子也不錯。」

「嗯。」

「要跟他們一起走嗎？好像會很有趣。」

這一次瑟琳沒有立即回答，而是皺起眉想了想，最終在妹妹期盼的眼神下嘆了口氣：「嗯。」

□

這座位於小鎮旁邊的森林住有不少低階魔獸，是許多傭兵與冒險者的天堂，可卻在三個月前開始傳出鬧鬼的傳聞。據目擊者的說法，有的人看到傳說中的可怕血族、有的人看到白色幽靈飄浮於半空中、有的人看到沒有頭的騎士於森林裡策馬奔騰……鬧鬼事件的內容可說是五花八門、喊得出名字的妖魔鬼怪都有。

唯一相同的一點——這些鬼怪全都是能把人嚇得半死的恐怖東西。

派翠克與約翰有著另一個身分，兩人皆是創神傭兵團的傭兵。團長大人一聲令下，他們便來到了這座鬧鬼的森林一探究竟。至於雙胞胎，卻是為了經常進入森林獵殺魔獸的父親而來的。

目標相同，雙方自然地結伴同行。看著走在前頭那雙姊妹花婀娜多姿的背影，約翰高深莫測地摸了摸下巴，喃喃自語道：「長得漂亮又孝順，真不錯啊……」

王子殿下的步伐倏然止住。

「怎麼，你該不會是對她們動心了吧？」從相識至今不到半小時耶！那麼快？

約翰一臉苦惱：「我也不知道，就是對她們很有好感，但又不至於想把她們娶回去。」

「她們？兩人？」

約翰不好意思地搔搔臉，隨即點點頭。

派翠克肯定地說道：「要是你把她們都帶回去，我肯定妮可姨會一把扭斷你的脖子。」那一位最討厭男生花心了，不見你父親至今也只有她一個妻子嗎？

「……我不想死，因此才頭痛啊！」

「你可別胡來啊！衝動是魔鬼，被魔鬼纏上可是很危險的！」說罷，派翠克疑惑地抬首仰望天空：「覺不覺得天色好像愈來愈暗，要下雨了嗎？」

被同伴所提醒，滿腦子都是女人的約翰也覺得不對勁了。

「森林好像變得太安靜了。」

走在前方的雙胞胎也感覺到異樣而停下了步伐，氣氛頓時變得凝重起來。

就在眾人繃緊精神時，一聲低低的嘆息從黑暗中傳出。這聲包含著無盡悲傷、難過與怨恨的女聲令眾人毛骨悚然。同時，四周的環境隨著這聲嘆息變得更黑了。

臉頰傳來微微搔癢，喬妮亞不耐地用手搧搧臉、低聲嘀咕：「討厭的蚊子。」

約翰從地上撿起一枝枯枝，也不見他有任何唸咒的動作，只是手一揚，火焰便在枯枝的頂端燃燒起來。

火把並不猛烈，卻足已照亮出四人的身影。然而手握火把的約翰卻在光亮生起的瞬間發出驚嚇的大叫聲，並迅速將一旁的派翠克護在身後。派翠克則是一臉目瞪口呆的神情，被動地任由約翰擺布，雙眼卻眨也不眨地盯著喬妮亞看。

「怎麼了？忽然發什麼神經！」喬妮亞被約翰的驚呼聲嚇了一跳，就連一旁冷冰冰的瑟琳也愣了愣，驚疑不定地看著兩名如臨大敵的少年。

兩人沒回答喬妮亞的質問，只是不停打眼色示意對方順著他們的視線看過去。疑惑地回首察看，兩人卻看到異常恐怖的一幕！

一名穿著碎花長裙的女子吊死在喬妮亞身後的樹椏上，原本精緻的臉龐因強烈的痛苦而變得扭曲，及腰的長髮隨風飄揚，髮尾若有似無地掃在喬妮亞身上……

喬妮亞慌忙後退，一想及剛剛臉頰上那誤以為是蚊蟲成的搔癢，女子便感到一陣噁心。

就在喬妮亞後退的瞬間，女屍竟然動了！

緊閉的眼簾緩緩張開，露出充血的眼珠。通紅的眼球略微轉動後便快速定格在後退的喬妮亞身上，隨即女屍發出淒厲的尖叫聲，伸出枯槁的手便往喬妮亞身上抓去！

「別碰喬妮亞！」面對著即使男子看到也會覺得毛骨悚然的場面，瑟琳卻仍舊肅殺冷靜。只見女子衝前抓住女鬼的雙手並用力往旁一扯，女屍枯乾脆弱的手臂便被她硬生生地拉扯下來！

手臂斷口濺出的腥臭黑血讓瑟琳皺了皺眉，隨即女子抓住斷臂的手中猛地爆出一股烈焰，強勁的火勢瞬間便把女鬼燒得連灰也不剩。

帥氣地拍了拍沾上手掌的灰燼，瑟琳滿臉不屑地「哼」了一聲。

眾人全都傻眼了。

從屍體出現至「屍變」，以至於女鬼化爲飛灰前後不過數十秒的時間。當眾人還停留在驚嚇之中的時候，女鬼卻在瑟琳的暴力下華麗地GAMEOVER了。

「太……太強了！我終於找到完美的妻子人選！瑟琳小姐，請妳嫁給我吧！」約翰一臉狂喜地衝前握住了女子的手。

……靜。

「別碰我！」隨著瑟琳暴怒的叫聲，一道道由火花形成的箭矢朝約翰激射而出，出手猛烈而不留情面。

約翰不閃不避，一段艱澀難懂、充滿古樸浩瀚氣息的咒文從金髮少年的口中悠悠吐出。此刻若有魔法師在場，定必會駭然地發現這段簡短的咒文威力足以媲美高階魔法，而且完全超脫於人類的魔法法則之外。

約翰的姿勢沒有轉變，雙手仍舊握著瑟琳一雙雪白的柔荑沒有放開。卻有一道耀眼的金色光芒把他與身後的派翠克穩穩地護著，與金光碰撞的炎箭沒有消散，卻改變了軌跡射向四周。不但擊中剛剛於派翠克身後現身的無頭騎士，還四面八方地射落於四周的草叢中。還好瑟琳反應快，控制箭矢在著地以後立即熄滅，不然整片森林可逃不過被大火燒燬的命運。

無頭騎士的突然出現與瞬間滅殺實在太戲劇性了，在約翰與喬妮亞看來竟意外地別有喜感。才剛出場便被殃及池魚地幹掉了，讓喬妮亞不禁露出同情的表情，心想它還滿可憐的……

至於被約翰護在身後的派翠克卻是一臉奇怪地東張西望起來，看起來像在尋找什麼東西的樣子。

雖然美人在前，但身爲護衛的約翰仍是無時無刻關注著派翠克的一舉一動，自然是把對方的異狀看在眼裡。

「殿下，怎麼了嗎？」

「好奇怪，女鬼與無頭騎士被消滅的時候，那種針對我們的惡意並沒有消失，反倒是箭矢射進四周的草叢後，那種彷如蚋骨之蛆的殺意卻沒有了。」

喬妮亞一臉懷疑：「眞的假的？怎麼我一點兒也沒有感覺？」

對於女子的質疑派翠克不爲所動，只見少年自顧自地仔細撥開茂密的叢林搜尋起來。

約翰見狀也放開了瑟琳的手一起幫忙，由這點便可看出約翰平常對派翠克雖然有時候表現得沒大沒小、似乎完全沒有身爲手下自覺的樣子，但卻以對方爲中心行動著，那是種對一個人心悅誠服的尊敬的表現。

「哎呀，看看我找到了什麼。」很快地，約翰便一臉發現新大陸的表情笑了起來，在雙胞胎好奇的注視下，用樹枝從草叢中撥出一團只有兩個拳頭大小的焦炭。

「眞的發現了？」喬妮亞驚訝地瞥了派翠克一眼，心想這小子直覺還眞敏銳！

畢竟父親是以捕獵魔獸維生的傭兵，雙胞胎馬上便從焦炭的輪廓以及殘餘的毛皮看出這小東西的身分。「恐懼幻獸？」

那是種能放出幻影、以其他生物的恐懼爲食糧的稀少魔獸。牠們身體弱小，武力指數不高，然而幾可亂眞的幻覺卻令人防不勝防。這種稀少的魔獸已經有三百多年沒有出現了，甚至有學者認爲恐懼幻獸早已絕種。

想不到森林裡發生的種種可怕靈異事件，竟是這種傳聞已絕種的魔獸的傑作！要不是約翰轉移了瑟琳的攻擊軌跡，誤打誤撞地將牠燒死，只怕眾人至今仍陷在恐怖的幻覺裡。

「呀！」喬妮亞突然慘叫了聲，用著哀慟的表情使勁搖晃著自家姊妹。

「虧了！虧大啦！要是能把活著的恐懼幻獸帶回去，我們絕對能發筆橫財啊！即使是死掉的，只要屍體完整也能賣出個好價錢，眞是虧大了！」

瑟琳艷麗的臉上浮現出一絲不耐，隨即粗暴地一掌往喬妮亞的頭巴過去。

「住手！妳搞得我的頭好暈！」

約翰立即一臉狗腿地湊過去：「頭暈嗎？需不需要我替妳人工呼吸？」下場自

然是被瑟琳暴打一頓。

身為自小一起長大的兄弟，派翠克自然知道約翰那身抗擊力到底有多變態。相比於打不死的護衛，少年顯然對瑟琳所使出的那種特別狂暴的魔法氣息更感興趣。

「真強！看她的樣子也只比我大幾歲而已。想不到在這種偏僻的地方竟然讓我遇上如此強大的魔法師……等等！南方的小城鎮？雙胞胎姊妹？這二人還認識母親與卡利安……」派翠克被自己靈光一閃的想法嚇了一跳。

「喬妮亞，妳的父母叫什麼名字？」

「羅斯福與愛琳，我們就是當年被你母親託付給一對傭兵夫婦的小嬰兒啦！你終於發現我們的身分了。」喬妮亞掩嘴一笑。

派翠克看著女子美麗的笑容呆呆發怔，良久，木然地看了看與瑟琳正打鬧著的約翰，不得不佩服這一位實在太強大了，竟然找新娘找到轉生的魔族軍團長頭上！

這對雙胞胎曾與人類統帥傑羅德、精靈王卡洛琳為敵，卻又在逃亡在外的四殿下西維亞的幫忙下重獲自由。而現在，轉生的她們卻又遇上自己——菲利克斯帝國的王儲！

而且他的護衛還在追求雙胞胎的其中一個？

即使派翠克被喻爲繼承了母親的美貌與父親的智慧，但此刻，少年聰明的大腦還是瞬間當機了。

這種巧合實在太驚人了，只能說彼此間的緣分太深了吧？

派翠克笑了，他忽然有點想把這濃濃的緣分延續下去，看看到底會衍生出什麼有趣的化學作用。至少母親大人看到雙胞胎時，表情想必會很精彩吧？也可以順道幫幫約翰的忙，不然這位兄弟的口味這麼另類，派翠克眞怕他這輩子討不到老婆。

「喬妮亞小姐，雖然這隻焦掉的恐懼幻獸在市面上賣不出好價錢，可是我想我們的宮廷魔法師會很有興趣的。應該說，他們對所有稀有的材料都非常有興趣。最重要的一點是，他們很富有，而且出手非常闊綽。」

看到喬妮亞聞言雙目一亮，並露出一副小財迷的表情。

王子殿下緩緩地勾起嘴角，笑了，也不知道這腹黑的性格到底像誰呢？

〈奇妙的緣分〉完

後記

香草

各位好！很高興在《傭兵公主》第四集的後記中與大家見面。

不知不覺《傭兵公主》已出版至第四集了，這段時間大家偶爾會到我的噗浪、部落格或是臉書留言。其中讓我覺得很有意思的，就是大家對我的稱呼也是五花八門，有艾挖、艾挖女王、女王、女王大人、香草、香草大、香草姊、香草老師……

從大家對我的稱呼中，可以簡單分辨讀者的種類。喚「女王」的大多是在鮮網時期認識的讀者（因爲那時候我的筆名是艾挖女王）；喚「香草」的則是看《傭兵公主》後認識的朋友們。

有不少朋友很好奇「艾挖女王」這個怪怪的筆名到底有什麼特別的意思，藉著這個機會，讓我來替大家解惑吧XD

我的英文名字是「Iris」，因此被朋友開玩笑稱我爲「艾挖」。至於爲什麼要在艾挖後面加上女王呢？這也是有個故事的。

話說在我工作時放在桌面上的文具經常不翼而飛，被同事們順手牽羊地拿去寫東西了。於是我便想出一個方法，就是在文具上貼上自己的英文名字「Iris」。但……祈求他們看到我的名字後把文具自動還給我這種想法實在太傻、太天眞了，文具仍舊是一去不回頭。於是我狠下心在每件文具上寫上四個大字：艾挖女王！結果從此便再也沒有人把我的文具據爲己有了（因爲這四個字實在太丟臉啦XD）。

也因爲這件事情，大家都女王、女王地叫我，久而久之也就聽習慣了。取筆名時懶得想，便乾脆用了這個名字。

至於香草這個筆名是在《傭兵公主》簽約時取的。當時正好在網上查看一些有關香薰油的資料，當中有著不同種類的香草圖片（我所指的香草是Herb，不是Vanilla喔！）。覺得這個名字滿可愛的，而且香草總給人心曠神怡的感覺，因此便選了這個爲筆名了。

各位可以隨自己的喜好來呼喚我啊！艾挖、艾挖女王、女王、女王大人、香草、香草大、香草姊、香草老師等等等等我都會回應的XD

故事來到第四集，久違的小妮可終於再度出場了！

不把主角西維亞算在內的話，小妮可是我在《傭兵公主》中最喜愛的女性角色。嬌小可愛的外表、令人敬佩的忠誠以及酷酷的性格我都很喜歡，粗暴的攻擊力也好可愛！（啥？）

當我考慮在第四集爲妮可添個夫婿的時候，首先設定的必要條件不是相貌、不是家世、也不是性情，而是——抗擊能力！

畢竟《傭兵公主》是走輕鬆路線的輕小說，不能出現某某被打成肉醬這種血腥的黑暗情節啊啊啊！

結果凱特便出來了，希望大家喜歡這位有點心機、卻眞心對妮可好的新角色。

第五集會是回憶篇，故事中許多謎團都會在這一集解釋清楚。

西維亞的母后——傳說中的精靈王卡洛琳也會登場的喔！敬請期待～

【下集預告】

傭兵公主 vol.5

爲了解決血脈帶來的隱憂，
西維亞來到精靈們的出身地伊迪蘭斯亞森林。
繼續以人類的身分生活？或是成爲眞正的精靈？
在精靈們的期盼與同伴的挽留目光下，
西維亞左右爲難……

面對煩惱萬分的西維亞，團長大人這時卻還要來添亂——
「要不要親身體驗一下降魔戰爭的時代？」

一切事情，皆源自於一雙屬性相反的雙胞胎神祇！

～～精彩萬分的第五集．預計6月底登場～～

國家圖書館出版品預行編目資料

傭兵公主.卷四／香草 著.
——初版.——台北市：魔豆文化，2012.05
面；公分.
ISBN 978-986-5987-02-2（平裝）

857.7 100022623

fresh
FS023

傭兵公主 vol.4

作者／香草
插畫／天藍　封面設計／克里斯
出版社／魔豆文化有限公司
地址◎台北市103承德路二段75巷35號1樓
電話◎（02）25585438　傳真◎（02）25585439
網址◎www.gaeabooks.com.tw
部落格◎gaeabooks.pixnet.net/blog
電子信箱◎gaea@gaeabooks.com.tw
投稿信箱◎editor@gaeabooks.com.tw
郵撥帳號◎19769541　戶名：蓋亞文化有限公司
發行／蓋亞文化有限公司
法律顧問／宇達經貿法律事務所
總經銷／聯合發行股份有限公司
地址◎新北市新店區寶橋路二三五巷六弄六號二樓
電話◎（02）29178022　傳真◎（02）29156275
港澳地區／一代匯集
地址◎九龍旺角塘尾道64號龍駒企業大廈10樓B&D室
電話◎（852）2783-8102　傳真◎（852）2396-0050
初版六刷／2021年10月
定價／新台幣 180 元
Printed in Taiwan

ISBN／978-986-5987-02-2

魔豆

魔豆